Fan
ファン文庫

神様のごちそう

—雨乞いの神饌《しんせん》—

著　石田 空

JN148067

マイナビ出版

あらすじ

調理学校入学を控えた大衆食堂「夏目《なつめ》食堂」の娘・夏目梨花は、
旭《あさひ》商店街にある小さな寂れた神社で、
ひとりの男がお腹を空かせて倒れているのを見つける。
見過ごせずに持っていた手づくりのケーキをあげると、
突然「神様の料理番」に任命され、神隠しに遭ってしまう。
たどり着いたのは神様が住む「神域《しんいき》」と呼ばれる世界。
そこには、人々の信仰を失って弱り、お腹を空かせた美しい男神
「御先様」がいた――。
戸惑いながらも腹をくくり、神様の料理番として働くことを
決めた梨花。しかし神域には、醤油もなければ、砂糖もない。
もちろん電子レンジも冷蔵庫も炊飯器もない。
でも、助けてくれる愛らしい付喪神たちがいた。
梨花は「りん」と名乗り、持ち前のポジティブさで、
神域にない醤油や豆腐などをつくり出すことに成功。
付喪神の力を借り、どんどん料理のレパートリーを増やしていく。
そんなりんの頑張りにより、御先様は序々に力を取り戻しはじめた。
ちょっとわがままで不器用な御先様に
おいしいものを食べてほしいという一心で、りんは今日も奮闘中！

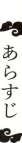

主な登場人物

りん（夏目《なつめ》梨花《りか》）

「夏目食堂」の娘で、現在は神様「御先様」の料理番。持ち前のポジティブさで前向きに料理に取り組む。御先様の信仰を取り戻すべく、一度現世（もともといた人間の世界）に戻り、祭を成功させたのち、また神域へと戻ってきたという経験も。思い立ったらすぐ行動するパワフルさが取柄。

御《み》先《さき》様《さま》

旭商店街にある「豊岡神社」の神様。化身は八咫烏。偶然の不幸な事件が重なり、信仰を失ってしまっていた。白髪に白い着物を着ていて、白い羽がある。目の虹彩も白い。気分屋で怒ると雷のようなものを引き起こしてりんをビクビクさせるが、優しい一面もある。神様同士の交流が苦手。りんの働きにより信仰を取り戻した。

氷室姐《ひむろねえ》さん

神域にある氷室の管理人。御先様とは付き合いが長い。氷室姐さんの近くに食料を置いておくと冷凍保存、少し離しておいておけば冷蔵保存される。

花火（火の神）

りんが調理をする勝手場にいる付喪神。かまどに火を入れたり、調理の火加減を調整してくれる、りんの相棒。火の玉に目と口、マッチ棒のような手が付いてる。

こじか（古巣《ふるす》雲雀《ひばり》）

旭商店街にある「古巣酒造」の息子。現在は神域の杜氏。りんより以前に神隠しに遭った。りんの唯一の人間仲間。りんからは「兄ちゃん」と呼ばれている。

ころん（鍬神《くわがみ》）

畑を耕したり、できた野菜を収穫する付喪神。りんが料理に使う野菜をいつも摂ってきてくれる。見た目は小人のように小さいが、驚くほど力持ち。

海神《わだつみ》様《さま》

御先様の神域の隣にある海に住む女神様。わかめのようにしっとりとした黒髪で長い白い着物を着ている。肌には鱗のようなものが生えている。

烏丸《からすま》

御先様の世話役。烏天狗でりんを神隠しした張本人。現世と神域を自由に行き来することができ、現世にある「豊岡神社」の掃除や管理などを行っている。御先様と外見がよく似ているが、髪や目、羽は黒色をしている。空を飛ぶこともできる。りんのサポートから相談役までこなす、神域の中間管理職的な存在。

神様のごちそう

—雨乞いの神饌《しんせん》—

序章

朝起きて、身支度を整えてから、普段寝泊まりに使っている小屋の戸を全開にする。山の気候らしい、ここ神域《しんいき》の空気が全身に回っていくようで、思いっきり伸びをする。

「んー……ちょーっと、暑くなってきた？」

腕を軽く回して運動をしてから、あたしはいつものように勝手場へと足を運ぶ。

勝手場に着くまでの道すがら、目の前に広がっている畑に視線を移す。季節の野菜が実り、土は肥えたいい匂いがする。

既に初夏に差し掛かっているらしく、日が出るのも早くなった。畑で作業している鍬神《くわがみ》たちが仕事をはじめるのも早くなったような気がする。

畑を何気なく眺めていたら、鍬神のひとりであるころんが作業している手を休めて、手を振ってくれた。笠を被った小人の姿のころんは、今日も顔に土を付けて仕事をしている。あたしも手を振り返す。

ここは年がら年中霞《かすみ》がかっていて、滅多に晴れない。朝日が出た頃合いでもふんわりした光が見えるだけだ。

……柔らかな光が途切れた頃には、御先様《みさきさま》も広間で朝餉《あさげ》を待っているはずなんだ。

あたしが勝手場に到着すると、かまどの下では火《ひ》の神《かみ》の花火《はなび》がいびきをかいて眠っているのが目に入った。あたしはひょいひょいと薪《まき》をかまどに入れながら、花火に声をかける。

「花火花火、おはよう。そろそろ朝餉の準備するから、早く起きて」

「んあー……？　りーん、おはよー……むにゃ、きょうのあさげはなんだい？」

花火はマッチ棒のような腕で目をしぱしぱさせながらこちらを見上げてくる。

「今日は味噌漬けにしていた魚がそろそろ傷みそうだから、焼こうと思ってるよ。あと豆腐ももう食べないといけないかなあ。まだ夏本番じゃないんだけど、なんでもかんでも傷みやすくなってきていやになるね」

あたしはそう言いながら、昨日のうちに仕掛けていたお米を入れた釜を置き直し「それ炊いといてね」と花火に頼んでから、床下の貯蔵庫に置いておいたものを取り出す。

置いてある野菜はかぶにごぼう、さやえんどう、いんげん。

かぶは葉を落として皮を剝き、四つ切りにする。葉はぶつ切りにしておく。ごぼうは皮をこそげ取ってから、ささがきにしておく。さやえんどうは筋を取る。いんげんも筋を取ってから、お湯でさっと火を通しておく。

あたしはご飯を炊いている釜の手前に鍋をセットした。そこで鰹の出汁《だし》を取り、醬油で味を付ける。澄まし汁の味が調《ととの》ったのを確認してから、かぶをそこに落とした。葉は仕上げに入れて、さっと火を通す。

豆腐を取り出すと、それをすり鉢に入れ、滑らかになるまですり潰し、ごまと醬油、みりんで味を決め、その中にいんげんを入れてよく混ぜる。

さらに別の鍋を用意して、そこに油を注いで、花火に「温めてね」と言っておいた。

花火がそれぞれの鍋の面倒を見てくれるのを確認しながら、粉を水で溶いたものに、ごぼうとさやえんどうを付け、油の中に落とす。からっと揚がったところで取り出した。塩を小皿に盛って、それを付けて食べられるようにする。

それぞれが完成するのを見計らってから、貯蔵庫から味噌漬けの鰆《さわら》を取りだし、七輪に載せる。花火に火を分けてもらって七輪の炭に火を付けて、鰆に付いている味噌が焦げないように気を付けながら、両面に火を通した。

ご飯、鰆の味噌漬け、季節野菜のかき揚げ、いんげんの白和え、かぶの澄まし汁。

それらが出来上がったのを確認してから、あたしは「うーん……」と首を捻《ひね》った。花火もかまどの中で一緒に首を捻っている。どこに首があるのか知らないけど。

「なんだい、みさきさまのところにもっていかないのかい？」

「いや、それはそうなんだけど、なにかが足りない気がするんだよねえ。いや、ここは、なんでもかんでも足りないんだけど」

そもそもこの神域の調味料は限られている。水飴はあるのに、砂糖は基本的にないとか。塩はあるのに、醤油がなかったとか。材料に至っては、肉はないし、魚は川魚しかないし、出汁だって干しきのこくらいしかない。

料理をつくるにしても、勝手場にあるのはかまどだけで、ガスもなければ電子レンジだってない。ついでに水道だってないから、水は井戸まで行って汲んでこないといけない。

だからここでは付喪神《つくもがみ》たちに手伝ってもらわないと、まず料理だってつくれないのだ。かまどは花火に面倒を見てもらわないと使えないし、畑で出来たたくさんの野菜は鍬神たちに運んでもらわないと、ひとりで運ぶのは無理だ。調味料も腐り神《くさがみ》のくーちゃんに手伝ってもらわなかったら、醤油や味噌だって手に入らない。

右も左もわからなかった頃から一転、今はないものは他所まで出かけて行って交換してもらう、分けてもらう、つくってみるという方法で、どうにかやりくりしている。

ここに来て一年以上。すっかりと慣れた今だったら、なければないなりに用意もできるようになったんだけどなあ。なにが足りないんだろうと、あたしはしきりに首を傾げた。

そろそろ持っていこう。冷めてしまったらせっかくつくったご飯だっておいしくはない。

自分の気持ちは一旦置いておいて、あたしは朝餉をお膳に載せて運んでいった。

廊下の向こうには花園。付喪神が水やりをしたらしく、蛍袋《ほたるぶくろ》が濡れて揺れている。

お膳を持ってその長い廊下を歩いていたところで、兄ちゃんと会う。兄ちゃんは手に銚子《ちょうし》をぶら下げていて、こちらに気が付いて軽く手を振った。兄ちゃんは今日もお酒の発酵臭を纏《まと》わせている。

「よう、おはよう」

「おはよう、兄ちゃん」

「ん、どうした、りん？　お前なあんか変な顔して」

「なっ、人の顔を見て変とはなんですかね」

いつもの調子で軽口を言ってみるけれど、なんとなあく据わりが悪いのはあたしだってわかっている。

ただ、いつものように朝餉をつくっていただけだったんだ。

いつも通りに起きて、いつも通りの手順で、いつものように……。んんん？

「んー……なんだろう、やっぱりわかんない」

「そうかあ？　まあ、なにもねえんだったら、それに越したことはねえんだろうけどさ」

兄ちゃんにそう言われながらも、あたしは自分の中の違和感の正体がわからず、ひたすら首を傾げていた。

そうこうしている間に、広間の襖が見えてきた。

あたしたちは一旦襖の前に座って、広間の奥へと声をかける。

「朝餉をお持ちしました」

しばらくすると、声がかかった。

「入れ」

「失礼します」

その声のあとに、あたしたちは入っていく。

広間は青い畳《たたみ》の匂いが広がり、正面には金屏風《びょうぶ》。その前には御先様が脇息《きょうそく》にもたれかかって座っていた。

まっ白な髪に、まっ白な目。狩衣《かりぎぬ》もまっ白で、背中から生えている羽もまっ白。この人がこの神域を治めている神様、御先様だ。

あたしたちの住んでいる現世《げんせ》、旭商店街《あさひしょうてんがい》の中の豊岡神社《とよおかじんじゃ》の神様なのだ。

あたしは御先様の料理番として、兄ちゃんは杜氏《とうじ》として、朝と夕の二回、食事とお酒の準備をしている。

あたしたちが神域にやってきたのは、豊岡神社がほったらかしにされていたせいで、御先様の力が弱まってしまったのが原因だった。具体的には、ご飯やお酒の面倒を見てもらえなかったせいで、四六時中お腹を空かせてしまっていたのだ。

現世と神域は密接に繋がっている。御先様の力が弱まって、ここの神域を維持できなかったら、あたしたちの住んでいた商店街にも悪影響が出てしまう。最悪の場合、人が住めなくなってしまうんだそうだ。困り果てた末に、神社の敷地内に入ってきた人を神隠《かみかく》ししてきて、料理番や杜氏に据えて、御先様の食事とお酒の用意をさせていたって訳だ。

今では現世の豊岡神社が人に面倒見てもらえるようになったおかげで、御先様も元気になって、機嫌よく生活してくれるようになったけれど。最初に出会った頃は、毎日のようにピリピリとしていたのだ。

あたしは御先様の前にお膳を置き、兄ちゃんはお猪口《ちょこ》に銚子でお酒を注ぐ。

支度が全部終わったあと、御先様はお膳の上を眺めると、箸を手にした。

御先様は丁寧な箸使いでかき揚げを割って口にすると、澄まし汁をすする。白和えを食べ、味噌漬けをひと口大に切り分けて口を付ける。お茶碗のご飯もひと粒も残すことなく食した。

いつものように綺麗に平らげると、ようやくお箸をお膳の上に置いた。

「悪くはなかった」

そのひと言を聞き届けてから、あたしたちは頭を下げた。

「ありがとうございます」

そう言ってから、頭を上げたとき、御先様の顔を見る。この人の表情はあまり豊かではないけれど、機嫌が悪いときは露骨に出る。今はなんの表情も浮かべていないのだから、そこそこ機嫌がいいんだろうと察することができた。

軽くなったお膳を持って勝手場に帰る中、兄ちゃんはあたしのほうを見る。

「なんかお前は調子悪いみたいだったけど、別に御先様の反応見てる限り、悪くはないみたいだよなあ？」

「うーん、そうだよねえ？」

御先様が食べているのは、食事そのものというよりも、つくっている人間の感謝とか、お祈りの気持ちとか、御先様のためにつくったという感情を食べている。もちろん、料理の腕が悪かったり見た目が悪かったりすると文句を言ったり嫌味を言ったりもするけれど、気持ちの入ってない料理は全然味がわからなかったり、それ以前にお腹が膨れないらしい。

普段から滅多に「美味い」と言わない人からの「悪くはなかった」は、最上級の褒め言葉ではないにせよ、そこまで悪い反応ではないはずなんだ。

調子が悪いような気がしたのは、あたしの気のせいなのかなあ。あたしの何度目かの首を捻る仕草に、兄ちゃんは頭を引っ掻きながら口を開く。

「まあ、お前もあんまり具合が悪いなら言えよ。お前、去年は熱中症になったの気付かないでぶっ倒れただろうが」

……そうでした。去年の今頃、勝手場にこもって、熱にやられて倒れたのでした。

兄ちゃんの言葉にあたしは噛みつく。

「ま、まだ熱中症の季節には早いんじゃないかなっ!?」

「そりゃそうなんだけど、でもお前もなにかに熱中してたら全然気付かないで倒れるとかあるからな。熱中し過ぎて熱中症って、洒落にならねえだろ」

「毎年同じように倒れたりしないしっ」

「へいへい。まあ、マジでやばかったら先に言えよ。甘酒でもなんでもやるからさあ」

ギャーギャー言っている間に、勝手場まで辿り着いたので、あたしは自分たちの賄《まかな》いの用意をする。

鰆を漬けていた合わせ味噌は、握ったご飯に塗って、表面を七輪で焼いて焼きおにぎりにする。お椀に入れて、おにぎりに澄まし汁をかける。白和えを別の器に盛って、兄ちゃんと一緒に食べはじめた。

……やっぱり、別に味は悪くないんだよなあ。

あたしがまた首を傾げていたところで、勝手場の入り口からひょいっと身を乗り出してきた影に気付いた。

修験装束《しゅげんしょうぞく》を着て、背中から烏《からす》の羽を生やしている人だ。

「やあ、おはよう。俺の分の賄いはあるかい？」

「おはようございまーす、烏丸《からすま》さん。ありますよ。今日はもう用事はありませんか？」

そう言いながら、あたしは烏丸さんの分の焼きおにぎりも焼いて、それに澄まし汁をかけて出した。それを「すまんなあ、今日は昼から出るが」と言いながら受け取る烏丸さんをちらっと見た。

烏丸さんは元々豊岡神社のお世話役であり、この神域でも御先様から用事を聞いて出かけたり、付喪神たちやあたしたちの用件を聞いたりする中間管理職みたいな人だ。

御先様の力が弱っていたのを見かねて、あたしや兄ちゃんを神隠ししていたのはこの人だったりする。あたしたちの前にも、何人も神隠しされていたらしい。

今は現世の豊岡神社に人が集まるようになって、信仰も戻り、あたしたちがいる必要もなくなったんだけど。今は自主的にあたしも兄ちゃんもここに残っているっていう、ちょっとだけおかしなことになっていたりする。

あたしは賄いを食べながら、烏丸さんにさっきの不調を言ってみた。

なんか足りないような気がするけれど、御先様は食べてもなんともないところからして、あたしの迷いは今のところ料理には出ていないということ。でもなあんか違和感が拭えなくって落ち着かないこと。

烏丸さんは相槌を打ちながら聞きつつ、「そうさなあ」と言って澄まし汁をすすった。

「そりゃ、りん。お前さん、前にこじかがなったような状態になっているんじゃないか？」

そう指摘されたのに、あたしは「んんんん……？」とまたも首を捻ってしまった。

ちなみに神域では本名を名乗るのはマナー違反ということで、全員偽名を名乗っている。あたしはりん、兄ちゃんはこじかと呼ばれているけれど、あたしの本名は夏目《なつめ》梨花《りか》だし、兄ちゃんの本名は古巣《ふるす》雲雀《ひばり》だ。

烏丸さんの指摘に、兄ちゃんも味噌おにぎりをお箸で崩しつつ、口を挟んでくる。

「それって、スランプってことですか？　でも俺、スランプのときはそれが味に全面的に出て、御先様に指摘されたんですけど」

前に兄ちゃんはお酒造りのスランプに陥ってしまい、現世の実家の蔵の手伝いに戻ったことがある。他の杜氏さんや蔵人《くらうど》さんと一緒に仕事をしたことで復活できたみたいだった。

でも兄ちゃんがスランプになったのは、造りたいお酒の味に近付けなかったってことが根本の原因だったんだけれど。あたしにはそんな心当たりがない。

あたしが目を白黒とさせていたら、烏丸さんはにこやかに笑う。

「うちで料理番になった人間にも、時にはいたぞ。調味料がない、材料がないっていうのを抜きにして、突然納得いく料理ができなくなって、どん詰まりになる人間が」

「なるほど……？」

そうは言われても、今のところ料理ができているから、できないって思うほどのどん詰まり感がないんだけど。あたしがまだ納得してないままでも、烏丸さんは澄まし汁をすってから言葉を続ける。

「それに、こじかの場合だって、どん詰まりになったときに、すぐに酒の味に迷いや悩みが出た訳じゃないだろう？」

「まあ……たしかにそうっすねえ……」

兄ちゃんは納得したような、してないような顔をしながら、崩した味噌おにぎりを澄まし汁ごとすする。たしかに兄ちゃんは初冬の時点で様子がおかしかったけれど、それが酒の味に出るようになったのは年が明けてからだったはずだ。

んー……もしスランプだったとしても、今のところは表に出てないってことは、表に出る前に対処すればいいってことなのかな？　そう考えてみるものの、据わりが悪い。

「でもあたし、本当にスランプになるような原因に心当たりがないんですけど？」

「俺も料理のことはちっともわからんから、これぱっかりは手助けしてやれんが。ただ本当に料理ができないっていうくらいに参る前に言うんだぞ？　そのときは俺もなんとかする方法を考えるから」

「はあい」

とは言われても、本当に料理ができなくなるほど参ってないんだから、周りから「スランプじゃない？」と言われても困ってしまう。

料理はできている。でも、なんだか足りない気がする。別に品数が少ない訳じゃないし、なにがそこまで物足りないんだろう。

あたしはますます悶々としながら、賄いを食べ終えた。

＊＊＊＊

あたしは自室にしている小屋に戻って今日の朝餉の献立を手帳に書き込みながら、今までつくった品数を指を折って数える。

ずいぶんといろんなものをつくったなあと思う。

現世にいた頃には滅多に手に入らないものに触れられる機会もあったし、たったひとりでやけに大事《おおごと》に携わることだってあった。ひとりではまずつくろうと思わないものだってつくった。確実にあたしのレパートリーは増えていっている。

品数は別に問題がない、少な過ぎないし、多過ぎでもない。でもあたしは、どうして唐突に「なんか足りない」って思ってしまったんだろう。

最初にここに来た頃に比べれば、調味料だってつくって足りるようになったし、材料だってもらいに行くことでなんとかなるようになった。

「うーん……」

やっぱり考えてみたけれど、よくわからない。

あたしは手帳を一旦閉じると、小屋の外を見回した。

神域も少しずつ夏が近付いているみたいだし、朝夕はまだ涼しいけど、昼間は日差しが強く暑い日が増えてきた。

また梅干しをつくったり、夏の料理について考えないといけない。

気を取り直して、今日は勝手場の掃除でもしようと、小屋を出ることにした。

第一章

その日、あたしは兄ちゃんの造ったお酒を携えて、海神様《わだつみさま》の元に出かけていた。御先様の神域の山のような気候が一転、緩やかな坂を越えれば潮風が吹いてきて、磯の匂いが漂ってくる。道の向こうには海が見えるし、漁《いさ》り火《び》まで見えてくる。

海神様は御先様の神域の近所に神域を構えている女神様で、定期的に兄ちゃんのお酒と交換で、鰹節や昆布などの出汁に使えるものや、海魚をくれる。

あたしが出かけていったら、海神様はにこやかに出迎えてくれた。

わかめのようなしっとりとした長い髪に、手の甲に鱗《うろこ》が見える彼女は、今日もあたしが持ってきたお酒を対価に、魚を用意してくれた。

「なんだか最近暑いですねえ、去年はこの時季、ここまで暑くなかったと思うんですけど」

あたしの世間話に、海神様はざるに魚を入れながら乗ってくれる。

「そうだな、現世でも年々気温が上がっているせいで、こちらにまで影響しているようだな」

「これってなんとかならないんでしょうか……あんまり暑過ぎると、皆参ってしまいますし」

「そうだなあ、これればかりは、神の領分かもしれぬ」

「りょうぶん……ですか？」

「御先殿はおっしゃってはいないのか？　現世での願いを叶えることを」

御先様は豊岡神社の神様だから、定期的に現世の願い事を叶えているのは知ってるけれど。暑いからなんとかしてー、みたいな願い事って、わざわざ神社で祈るのかなあと、現世のちんまりとした神社を思い浮かべながら、あたしは首を傾げた。

あたしのわかってないという態度にも、海神様は寛大だ。

「猛暑が続けば、やがて現世でも願いが溜まるだろう。そのときまで待つがよい。さて、魚はこれで足りるか？」

海神様がざるに乗せてくれた魚を確認する。とびうおにあじだ。焼いてもいいけれど、揚げて南蛮漬けにしてもおいしいし、煮付けにしてもいけるだろう。

「ありがとうございます！」

あたしは頭を下げて、御先様の神域へと帰っていった。

海神様の神域から戻ったあたしは、早速魚を片付けに氷室のほうへ足を伸ばした。氷室に近づくにつれ鍬神がパタパタと走っているのが見えてる。

あれ、こんなに慌ててる鍬神なんてあんまり見ないんだけど。

氷室からこちらに走ってきた鍬神の中に、ころんが見えたので、あたしはころんを呼び止め膝を落として声をかけてみる。

「あのさあ、ころん。ちょっと今から氷室に行こうと思ってたんだけど。なんかあったの？」

「たおれた！」

「え、倒れたって……誰が？」

「ひむろさま、たおれた！」

「え……ええ――――っっ!?」

あたしは思わず悲鳴を上げると、ころんを肩に乗せて、そのまま氷室まで走っていった。

氷室はひんやりとしていた。恐らく冬場に大量に氷室に入れておいた雪や氷のおかげだろう。でもいつもよりもこう……全身刺されるような尖った感覚がない。あたしはバタバタと奥に入っていった。すると、鍬神たちが必死で団扇《うちわ》で仰いでいるのが見えた。

氷室姐《ひむろねえ》さんが、ちょうど氷室の中央で横たわっていたのだ。

彼女は、御先様の神域にある氷室の管理を担当している神様なんだけれど、これだけ弱っているのは初めて見た。

白い花魁《おいらん》のような着物はいつも以上に胸元を緩められて、鍬神たちが濡れた手拭いを絞って載せている。首筋と額に濡れ手拭いを載せられている氷室姐さんの頬は、普段はまっ白なままなのに、今日は赤味がかっていて、息が荒い。

「氷室姐さん！　ちょっと、大丈夫ですか……？」

あたしが恐々《こわごわ》と声をかけると、氷室姐さんがうっすらと目を開いて、こちらを見上げてきた。

「あらまあ……ちょーっとばかり暑くってねえ……やだねえ、まだ夏本番でもないってえのにこおんなにつらいんじゃ、夏本番になったらあたしも干からびちまうんじゃないかねえ……」

「氷室姐さん、そんな弱気な……」

「仕方ないさねえ……あたしが元気なのは冬だけだし、年々夏もつらくなってるからねえ……」

たしかに今年は、夏が来るのがちょっとばかり早過ぎるけれど、それが原因で氷室姐さんが倒れてしまうことになるなんて。しかも、氷室姐さんの言うとおり、まだ夏本番じゃないんだよね。氷室姐さん、滅多に氷室から出ないのに、氷室の中にいてもこれじゃあ、夏本番になったら立ってられないじゃない。

おろおろと心配していると、氷室姐さんはあたしが持っている魚にちらっと視線を寄こして、看病している鍬神たちに指示を飛ばす。

「魚、涼しい場所に持っていっておあげ。こら、りんも。こんなところで油売ってんじゃないよぉ。せっかくもらってきた魚も腐っちまうだろうが。さっさと片付けて帰った帰った」

そう氷室姐さんが言ったら、あたしの割烹着の袖を、くいくいところんが引っ張った。

「かたづける」

「あー、うん。わかった。氷室姐さん、お大事にー」

「ありがとうね……」

ころんが一番雪を残している場所に魚を片付けてくれたのを見届けてから、あたしは追い出されるようにして氷室を出てしまった。

でもなあ。

「暑い場合って、どうしたらいいんだろう？」

夏バテ予防に食べるものと言ったら、香辛料たっぷりのカレーか、熱々のラーメンが思い浮かぶ。あれって、辛いものや熱いものをたっぷりと食べて汗をかいて熱中症を予防するというものだから、既に倒れてしまっている氷室姐さんにはあまりにも無意味過ぎる。

そもそも氷室姐さんは熱いものは食べられない。

だからと言って、このまま放置しておくのも申し訳ない。

「うーん……」

あたしは勝手場に戻って、ひとまず貯蔵庫を漁ったりして考えはじめた。あたしが唸り声を上げて貯蔵庫を見ていると、当然ながらかまどにいる花火が不思議そうに声をかけてくる。

「どうしたんだい、りん？　わだつみさまのところからかえってきてから、ずっとうなりごえをあげてるじゃないか」

「うんとね。花火は知ってる？　氷室姐さんが倒れちゃったんだよ。だからお見舞いに行きたいと思ってるんだけど、どうしたらいいのかなあと思って」

「たおれたのかい？　あついから？」

「うん、そうだよ」

前にあたしも熱中症で倒れたことがあるけれど、今年は兄ちゃんから酒粕でつくった甘酒をもらって飲んでいるし、こまめに火の近くから離れて風通しのいい場所に出ているから、倒れるほど頑張り過ぎていない。

でも氷室姐さんの場合は、あたしとは違うからなあ……。

神様が弱ったり倒れたりするのは、イレギュラーなことのはずだ。

御先様が弱って神格が落ちてしまっていたときは、現世にある豊岡神社の面倒を見ていた宮司がいなくなってしまったからだった。社がきちんと祀《まつ》られていないと、どんな神様だって力が弱ってしまう。

現世と神域は密接に繋がっている。信仰が落ち込んでしまったら弱ることがあっても、それ以外で弱る理由をあたしは知らない。そもそも氷室姐さんには、社がないから御先様みたいに縛られてないはずなのに。

あたしが「あー」「うー」と唸っていたところで、パタパタと手を煽ぎながら烏丸さんが入ってきた。

「あー、今日は現世もずいぶんと暑いなあ。ん、どうしたんだ？　お前さん、唸り声を上げているみたいだが」

「ああ、烏丸さんお帰りなさーい。あのですね、氷室の様子を聞いてませんか？　氷室姐さんが倒れちゃったんですよ。さっきから鍬神たちが心配して看病してるんですけど。あのう、氷室姐さんって、社がないだけで、女神様のはずですよね？　どうして姐さん、熱中症で倒れちゃったんでしょうか……？」

あたしは顔を上げて一気にまくし立てると、烏丸さんが腕を組んだ。

「そうだなあ、氷室のはちょっと特殊だからなあ。現世で山のある地方には、土地神信仰っていうのがあるだろう？　有名な山も無名な山も、山の安全祈願のために、祠《ほこら》を造って祀る。氷室のも、そうやって祀られた女神だからなあ」

たしかに山に行ったら、あっちこっちに祠は見るけれど。烏丸さんの言っていることの意図がわからず、あたしは目を瞬かせる。

「ええっと……？」

「要は氷室のは自然を祀り上げるためにつくられた神だから、現世の自然現象っていうものと密接に繋がっている。これは社がなくなって自由になっても、あまり変わりがない。現世の猛暑のせいで、氷室のは倒れたんだろうな」

「そんなあ。現世の暑さが原因だったら、現世の夏が終わるまで、氷室姐さんは具合が悪いまんまなんですか？」

「いや、抜け道はある」

烏丸さんのきっぱりした返答にあたしは意味がわからないという顔をしていたら、烏丸さんがやんわりと言う。

「彼女も女神だということは、普通に氷をお供えしてやれば、大分具合はよくなると思うぞ。氷に見立てた、水無月《みなづき》だって大丈夫なはずだ」

「みなづきって？」

水無月って、六月の昔の呼び方だったと思うけど、烏丸さんの言い方じゃ違うよな。

しかし、どこかで聞いたことあるなと、あたしがまた首を捻ったところで、烏丸さんがきょとんとした顔で教えてくれた。

「おや、お前さんは食べたことなかったか？　ときどきだがお供えされたこともある、ういろうだったと思うが」

「ああ……水無月って、あの水無月ですか」

あたしはようやく理解できた。

水無月っていうのは、関西では和菓子屋さんでよく見かけるういろうの一種で、名前のとおり、六月に食べるものだとされている。

昔は冷凍庫なんてなかったから、氷室があるような金持ち以外は氷なんて当然食べられない。だから庶民はこの水無月を氷に見立てて、夏の暑気払いのお菓子として食べていたらしい。

そっかあ。概念だけでも氷があったら、氷室姐さんは元気になるんだ。水無月のレシピはたしか、持ってきた教本に載っていたような気がする。

あたしは烏丸さんに「ちょっとレシピ……つくり方確認してきます！」と言って、小屋まですっ飛んで行った。

　教本をめくってみると、関西の風俗史の本につくり方が載っていた。このつくり方は寒天粉を使うから、神域でもなんとかつくれるかもしれない。求肥からつくるとなったら、それこそ和菓子職人の領域だ。

　あたしは急いで勝手場に戻ると、貯蔵庫を漁った。

　小豆を、水に漬け込んでおく。明日になったら、つくれるはずだけれど。氷室姐さん、明日で大丈夫かなと、あたしはやきもきしながら一日過ごすこととなってしまった。

＊＊＊＊

　翌日。

　御先様に氷室姐さんが倒れたことが心配だと言うと、若干顔をしかめていた。

　やっぱり付き合いが長いから、それなりに心配してるんだなあと思いながら、あたしたちは勝手場で朝餉のお膳を片付ける。兄ちゃんはなんとも言えない顔をしている。

「んー、俺も氷室姐さんの様子見に行ったけど、具合が悪そうだったわ」

「氷室姐さん、現世の気候とリンクしちゃってるんだって。あたしたちはちょっと今年は暑いねえくらいだけど、氷室姐さんにとってはこれだけでももう駄目みたい」

「まあ、あの人ただでさえ夏はよっぽどのことがなかったら氷室からは出てこねえからなあ。現世で異常気象だったら、あの人にはきついんじゃねえかなあ」

「そうだよねえ……心配。烏丸さんに相談してみたら、お供えをしたら多少は元気になるよって教えてもらったから、ちょっとそのお供えをつくってみようとは思ってるけど」

「ん、なにをつくるんだ？」

兄ちゃんがそう言うので、あたしは「水無月」と答える。

「水無月っていうと……小豆が載ってるお菓子だっけ？」

「うん、氷代わりに氷室姐さんにお供えしてみようかと思って」

「ふーん、それでなんとかなるんだったら、よかったじゃねえか。俺もまた、氷室姐さんに甘酒持っていってみるから、そのときでも」

「うん」

兄ちゃんが勝手場から出ていくのを手を振って見送る。

ただなあ……。

つくるのはいいけど、これって気休めに過ぎないよねえって思う。だって異常気象なんて、あたしたちにはどうすることもできないもの。

海神様と前に世間話をしてたことを思い出した。「ここから先は神の領分」と言っていたような気がする。もしかしなくっても異常気象を鎮《しず》めることを指しているのかなあ。

そう察することはできたけれど、あたしのやれることなんて限られている。あたしは今できることをやらなきゃって、それだけだ。

あたしはそう思いながら、昨日の内に水に漬けていた小豆を見てみる。水を吸って、小豆は少しだけ膨らんでいた。よし。

あたしは早速それを鍋に入れると、砂糖を持ってきて、上から振りかける。かまどに置き、「ちょっとこれを弱火で炊いてね」と花火に頼んで、炊きはじめる。

小豆を炊いている間に、寒天粉を器に入れる。水を少しずつ加えていって、溶かす。それらを小鍋に注いでかまどに置く。こちらにも砂糖を加え、「こっちにも火をちょうだい」と花火に頼む。

花火は鍋の中身に興味津々みたいだ。

「なんだい、それは」

「水無月をつくるんだよ。ほら、昨日烏丸さんとしゃべってたお菓子」

「なるほどぉ、ひむろねえさんにおそなえするんだな」

花火は楽しそうにくるんくるんとかまどの中で回った。どうも甘いお菓子が食べられるからご満悦らしい。

あたしは思わず笑いながら、ふっくらと炊き上がった小豆を見る。

そして少しだけ粘りを帯びてきた寒天を確認する。ちょうどいい硬さになったのを確かめてから、炊けた小豆をその上に注いで、ぐるっと木べらでかき混ぜて、小豆が程よく寒天の中に散らばったのを見る。

型に使う器を水で湿らせ、あとは寒天生地を流し込む。寒天は、常温でも固まるから、わざわざ冷やす必要もない。

しばらく置いて固まったのを確認してから、器をまな板の上にひっくり返して載せて、中身を出すと包丁で切り分ける。

「……うん、思ってたより綺麗にできた」

あたしは出来上がった水無月のかけらを、かまどの中で楽し気にしている花火に投げてあげると、花火は咀嚼して目を細める。

「んまーい」

「そっか、よかったよかった」

ひと切れの水無月を楊枝と一緒にお皿に載せると、それをお膳の上に載せて、あたしは氷室へと出かけた。

一年のほとんどが霞に覆われているこの神域は、夏場でも、現世よりよっぽど涼しい。ただ湿気に熱が溜まってむしっとしているのは、少々気持ちよくはないかな。

これで大丈夫なのかなあ。あたしはそう気を揉みながら氷室へと足を速めていたら、

「おっ、りん」と手を振られた。

兄ちゃんだ。兄ちゃんが銚子とお猪口を持って歩いてきたのだ。兄ちゃんはあたしの持ってきた膳を覗き込む。

「おっ、完成したんだ。水無月が」

「うん。教本読んでどうにかつくってみたよ。兄ちゃんは甘酒を氷室姐さんに？」

「まあなあ。本当は酒を飲ませてやりたいところだけど、酒だけ飲んでも喉が渇くから、却ってよくないかなあと思って」

「そうだねえ……」

実際のところ、神様には人間でいうところの体調管理ってあんまり関係ないらしいんだけど、現世の気候ともろに連動してしまっている氷室姐さんにとっては、人間みたいな体調管理も必要なのかもしれない。

そうしゃべっていたら、氷室が見えてきた。相変わらず涼しいを通り過ぎて寒いくらいだけれど、氷室姐さんが倒れているせいなのか、いつもより冷気は控えめな気がする。

「氷室姐さんー、お見舞いに来ましたー」

あたしはそう声をかける。

看病をしているらしい鍬神たちが、横たわっている氷室姐さんの額と首筋の濡れ手拭いを交換しているのが見え、氷室姐さんは頬を真っ赤にしたまま、うっすらとこちらのほうを見上げた。

「あぁー、すまないねえ。ずいぶんと情けない姿を見せちまってさあ……」

「いえ、氷室姐さんがしんどいなら仕方ないですよ。あの、お菓子を持ってきたんですけれど、今食べられますか？　水無月なんですけど」

「あらまあ……ずいぶん懐かしい甘味さねえ……」

あたしが氷室姐さんの横に屈み込むと、兄ちゃんも一緒に隣でしゃがむ。

「俺は甘酒持ってきました。水無月と甘酒って、食い合わせ悪そうですけど、どうしますか？」

「いいよぉ、一緒にいただくからさあ」

氷室姐さんは頬を真っ赤にしたまま起き上がろうとするので、あたしは慌てて額と首筋の手拭いを取って、鍬神たちが持ってきていたたらいに引っ掛けておいた。

背中を抱いて起きる手伝いをすると、氷室姐さんは楊枝で水無月をひと口大に切り分けて、それを頬張った。

見てくれは涼し気だけれど、決して本物の氷ではない。でも寒天だから喉越しは優しいし、甘さも控えめにつくったから、つるんといけると思う。

氷室姐さんは咀嚼して、目を細めて笑う。

「……嬉しいねえ、本当に懐かしい味がするよ」

「それはよかったですけど……氷室姐さん、一気に食べなくってもいいですよ。ちょっとずつでいいですから。お皿はあとで回収に来ます」

「いいよ、すぐ食べちゃうからさ。あ、こじかの甘酒ももらうよ」

甘酒も喉を鳴らしておいしそうに飲むから、一見元気になったように見えるけれど、頬は未だに赤いままだ。元気に振る舞ってるだけなんだろうなあと思う。

水無月も甘酒も全部平らげたあと、満足げな顔をして、氷室姐さんは再び横たわってしまった。

「ごちそうさま。ありがとうね、もうちょっと寝たら元気になると思うから。こんな姿勢で悪いけど、もうちょっとだけ寝かせておくれ」

「いやいや、いいですよぉ。お大事に」

そう言って、あたしたちは氷室を後にした。あたしたちはなんとも言えない顔をして、顔を見合わせていた。

「氷室姐さん、本当に珍しいね。あんなに空元気だったことなんて、今までなかったと思うんだけど……？」

「んー……俺も初めて見たなあ。氷室姐さんが倒れたことも、あそこまで具合悪そうにしてたこともなかったし」

兄ちゃんが首を捻りながら、空になった銚子を持って歩く。あたしは海神様が言っていたことを思い返して、それを口にしてみる。

「なんかね、現世が異常気象だったら、神様がなんとかするっていうのがあるみたいなの。海神様が言ってたよ」

「ふーん。異常気象を神様がねえ。今まで御先様は色々免除されてたからここの神域にその話が来てなかったのかね。まあ、御先様も元気になったんだから、ちょっとは関係すんのかな？」

御先様が、神格が落ちていたときは、あんまり神様のお役目とか当番っていうのは回ってきていなかったみたいだけれど、力を取り戻してからは、少しずつ神様らしい仕事も再開しているみたい。

もしかしたら、御先様もそちらのほうの仕事を任されることもあるのかもしれないな。

あたしたちは勝手場に行くと「お菓子食べる？」と兄ちゃんに聞いてから、水無月をいただくことにした。

御先様にも持っていってあげよう。

そう思ってお皿とお膳を持って広間へと向かおうと廊下を歩いていたときだった。

「すみません、こちらに住まう神様はおられますか？」

声が聞こえて、あたしはきょろきょろとして気付いた。

御先様の御殿のまっ白な鳥居の向こう。神域の向こう側から、その声は聞こえたのだ。

よくよく見ると、声をかけてきたのは蛙の付喪神で、背中には紙を括り付けている。

「すみません、飛脚便です」

神域と神域の間を跳び回って手紙を届ける、蛙の飛脚便だったのだ。

第二章

きょろきょろと辺りを見回してみても、烏丸さんは留守みたいだし、付喪神たちも御先様の御殿のほうにいるらしく見かけない。鍬神たちも氷室姐さんの看病をしているから、あたしが対応するしかないのか。

仕方なく鳥居の近くまで出て、飛脚便と顔を合わせるように膝を屈める。

「えぇっと……ここの神様、御先様ですけど、多分御殿のほうにいるかと思います。あたしが手紙を届けましょうか？」

「いえ、お受け取りはご本人でなければなりませんので、困ります！」

飛脚便がぷるぷると首を振るので、あたしは「うーん……」と唸る。

たしか郵便物でも、信書は本人確認してからじゃないと、渡してもらえない。そんな感じなのかな。仕方なく、あたしは飛脚便を肩に乗せて、そのまま一緒に御先様の元に向かうことにした。

御殿では掃除をしている付喪神や、荷物を運んでいる付喪神がいて、あたしが肩に飛脚便を乗せていると、怪訝な顔をしてこちらを見上げてきた。

あたしは広間の前に着くと、恐る恐る襖の前で声をかける。

「すみません、御先様。お菓子をつくりましたのでお持ちしました。あと、手紙を持ってきた飛脚便がいらっしゃってるんですけれど、通してよろしいですか？」

一瞬間が空く。

いないのかな、留守にしてるのかな。そう思っていたら、声が返ってきた。

「……入れ」

その声に、あたしは思わず背筋を伸ばした。

これは機嫌が悪いとき、感情を押し殺したときに出る声だ。機嫌悪い、絶対に悪い。だらだら冷や汗が流れた。でもこの蛙の飛脚便だって、手紙を渡さないと帰れないだろうし。あたしは恐々と襖に手をかけて、飛脚便と一緒にそろりと広間に入っていった。

御先様はいつものように脇息にもたれかかって座っているかと思いきや、しゃんと背筋を伸ばして姿勢を正していた。あたしはそれに釣られて姿勢を正して、お膳を御先様の前に置く。

あたしがお膳を置いている間に、飛脚便は「肩、ありがとうございました」と礼を言ってから、ぴょーんと御先様の前に躍り出た。

「大変申し訳ございません。こちら、中身を確認したら、すぐに返事をくだされればと思います。返事をいただいたらわたくしもすぐに帰らなければなりません」

「早く寄こせ」

「はい、こちらでございます」

御先様の髪がぶわりと広がっているのに、あたしは必死でのけ反りそうになるのを堪《こら》える。これは、部屋中に暗雲を出して雷を落としたときのことを思い出させた。

飛脚便は背中の手紙を御先様に見せると、御先様はみるみると顔が険しくなっていくのがわかり、あたしは座りながら「ひいっ……！」と肩を強張らせていた。こんなに目に見えて機嫌が悪いのは久々だ。このところの御先様は機嫌がよかったから、余計にそう思う。

あたしが震えているのを尻目に、御先様は手紙を折り畳むと、袂《たもと》に仕舞い込んだ。

「……断ることはできないのだから、行くしかなかろう。そう伝えておけ」

「かしこまりました。たしかに返事をいただきましたので、そうお伝えいたします」

飛脚便は会釈をすると、「それでは失礼いたします」と言って、ぴょーんぴょーんと跳んで出て行こうとするので、あたしは慌てて襖を開けた。飛脚便は「なにからなにまで本当にありがとうございます」とあたしにお礼を言って、去って行ってしまった。

あたしがぽかんとしていると、御先様は溜息を吐きながら、さっさと水無月に手を付ける。普段はもっと食べ方が丁寧なのに、明らかに乱暴に楊枝を突き刺すものだから、相当機嫌を損ねていると、あたしは震え上がった。

「あの、御先様？　あの飛脚便はいったいなにを……？」

恐々と聞いてみると、御先様はちらりとこちらを見てきた。

「氷室のはどうしている」

「え、氷室姐さんですか？　烏丸さんから聞いて、水無月をお供えしてきたんですけど、まだ元気がなさそうなんですが……」

いきなり氷室姐さんのことを聞いてきて、どうしたんだろう。あたしがそう不思議に思っていたら、御先様は水無月を食べ終えて、そっと言葉を吐き出した。

「……もうしばらくしたら、神域を空けねばならぬから、覚悟をしておくように」

「え？　また出張……ですか？　あの飛脚便が持ってきた手紙が原因ですか？　いったいなにが書いてあったんですか？」

聞くだけ聞いてみたものの、それ以上御先様はなにも言わず、横たわってしまった。普段ならお菓子の感想をくれるのに、それすらなく、だ。

またこの人が不貞腐れるようなことがはじまったのか。

あたしはなんにも言えなくなって、ただ「のちほど夕餉《ゆうげ》お持ちしますね」とだけ言い残して、広間を出て行くことしかできなかった。

＊＊＊＊

新ごぼうをささがきにする。みょうがは千切り。十枚ほどあるしそは半分はそのまま取っておいて、半分は千切りにする。かいわれ大根は根を落としてぶつ切り。

貯蔵庫から梅干しを取ってきて、種を抜いて包丁で叩く。それに少しの味噌を混ぜて梅味噌をつくっておく。

炊飯の火加減を花火に頼みながら、今度は海神様のところでもらってきたあじに手を伸ばした。

　氷室姐さんの具合は相当悪そうだけれど、氷室に置いていたあじはどこも傷んではいなかった。まだ目も澄んだままだ。

　あじの鱗の処理をしたら、内臓を取り除き、それを三枚におろした。骨を外したら、つくっておいた梅味噌を塗り、しそを載せてからくるくると巻いていく。それを熱した片手鍋で巻き終わりを下にして焼く。

「なんだい、りん。ずいぶんしんこくなかおをして」

　あたしがあじを焼いていると、かまどの下からあたしの顔を花火が覗き込んでくる。それにあたしは苦笑した。

「今日、御先様がさ、飛脚便が来てからずいぶん機嫌が悪いから。いったいなんであんなに機嫌が悪いのか、さっぱりわかんないんだよ」

「みさきさまがきげんがわるいのは、いつものことだぞ？」

「でも最近機嫌がよかったじゃない。だからなんだか久しぶりだなと思って」

「そうかい？」

　花火がどこにあるのかわからない首を傾げている間に、あたしは焼いていたあじをひっくり返す。両面を焼き付けたら、少しだけ水を加えて蓋をする。

　蒸し焼きにしている間に、新ごぼうを別の片手鍋で炒め、醤油とみりんを回しがけ、味を付ける。

ご飯が炊き上がったら、千切りにしておいたしそを入れてさっくりと混ぜる。豆腐を用意してポン酢醤油をかけてから、切っておいた生姜、みょうが、かいわれ大根を上から乗せる。

しそご飯、あじの梅しそ巻き、新ごぼうのきんぴら、豆腐の薬味載せ。

焼いたあじの小さい部分を花火に投げてあげ、花火が「うまーい」と声を上げたのを聞きながら、それらをお膳に乗せて運んでいった。廊下でお酒を持った兄ちゃんと出会う。

「兄ちゃん、御先様、機嫌が悪いかもしれない」

あたしがこそっとそう告げると、兄ちゃんはきょとんとした顔をした。

「ん、なんか悪いことでもあったのか？」

「なんかね、飛脚便から手紙を受け取ってから、ずいぶん機嫌が悪いんだよ」

「えー……またどっかから厄介ごとかよ」

そう言いながら御殿の廊下を歩いて行く。でも不思議だ。

御先様がすごく機嫌が悪いときは、広間からは真っ黒なオーラが漂い出し、文字通り雷だって落としてくるので、ここで働いている付喪神たちは、怖がってどこかに行ってしまう。でも今は、皆普段通りに仕事しているのだ。

掃除をしたり、洗濯物を運んだり、季節のものの入れ替えをしたり。そんなことをしている小人たちとすれ違って、あたしたちは顔を見合わせた。

広間の入口の襖の前に座り、外から声をかける。

「失礼します。食事をお持ちしました」

「……入れ」

その声にはあからさまに機嫌の悪さが滲み出ていたけれど、黒いオーラは広間から漏れ出してはいない。兄ちゃんが恐る恐る襖に触れる。

もし機嫌が悪かったら、冬場の静電気、いやそれ以上にビリビリとするのだけど、なんともないみたいだ。

「……失礼します」

あたしたちは怖々と広間に入って、夕餉の準備をする。御先様はさっきまで不貞寝でもしていたのか、脇息にもたれかかってなかなか起き上がろうともしない。お膳を並べ、お酒をお猪口に注ぐと、ようやく起き上がって、黙々と食事をはじめた。

あたしたちは震えながら見ていたけれど、雷が落とされることもなく、ただ重い沈黙のまま終わってしまった。

せっかく初夏を感じられるあじの梅しそ巻きをつくったのに、御先様はおいしく食べてくれたのかがわからずじまいだった。

あたしたちは勝手場に着いた途端、どっと力が抜けて、力が抜けた途端にようやくお腹がきゅるりと鳴った。それで急いで賄いの準備をしながら、ようやく口を開く。

「あそこまで機嫌が悪い御先様、久しぶりなんだけど……」

「うーん、たしかにピリピリはしてたけど」

あたしは縮こまりながら、あじの梅しそ巻きをご飯に載せて、鰹出汁をかけて梅茶漬けをつくっていたら、兄ちゃんは首を捻る。

いや、機嫌悪かったでしょ。という顔で兄ちゃんを見たら、兄ちゃんは「うーん」とまたも腕を組む。

「御先様、機嫌が悪いと前はもっと当たり散らしてたよな。それこそ、付喪神たちが心配して広間の様子を窺う程度には。でも今回、付喪神たちはいつも通り仕事してたし、御先様だって雷を落としてない。機嫌は悪かったけど、お前が心配するほどではないんじゃねえの？」

「そういえば、そうなんだけど」

あの人が一度怒ったり拗ねたりすると、広間内にはドカンドカンと雷が落ちるし、なんだったら広間に入る前から、黒い暗雲が立ち込めたりする。でもたしかに、それはなかったんだよねえ。

これは、御先様も前よりも当たり散らさず、自制できるようになったってことなのかな。いや、あの人はそもそも、本来は人に当たり散らすタイプっていうよりも、限界まで溜め込んで、臨界点を突破した途端に爆発するタイプだろう。前よりも我慢できる程度には、余裕ができたってことなのかな。それならこちらとしてもほっとするんだけれど。

あたしはそんなことを思いながら、あじの梅茶漬けを兄ちゃんとすすっていたところで。

「ん、俺の分の賄いあるかい？」

「烏丸さん。お疲れ様です」

兄ちゃんが頭を下げたら、現世から戻ってきた烏丸さんが汗を袖で拭いながら勝手場に入ってきた。

「はいはい、お茶漬け出しますね」

どこかに出かけていた烏丸さんが戻ってきたので、烏丸さんの賄いをつくりはじめる。

すると、烏丸さんは「すまんなあ」と座りながらも、ちらちらと外の様子を見た。

「今年は猛暑が原因で水不足みたいだなあ」

「ええ？　現世が、ですか？」

「ああ。猛暑が先か、水不足が先かはわからんが、とにかくずいぶんと雨が降ってないな。もう梅雨の頃合いだっていうのに」

神域では年がら年中雨なんて降らないし、井戸水も普通に使えているし、特に変わった様子はなかった。

でも現世で雨が降ってないのだとしたら、当然気温は下がらない。現世の気温に左右される氷室姐さんが体調不良で倒れてしまうのも頷ける。

あたしが出した梅茶漬けを「ありがとう」と言いながら受け取り、烏丸さんは話を続ける。

「あんまり水不足だから、とうとう緊急招集がかかったみたいだが、お前さんたち、御先様の様子は大丈夫そうかい？」

「あの、緊急招集ってなんですか？　昼間に御先様宛に飛脚便が来てたあれですか？」

あたしが今日の昼間のことを思い返しながら質問をすると、烏丸さんはあじの梅しそ巻きを頬張ってから教えてくれた。

「京《きょう》からの緊急招集だなあ。あまりに天候が悪かったりすると、氷室のみたいな神にも影響があるから、皆で集まって水の神に雨乞いを行うんだ。本来は春先に京で雨乞いが行われているから今年はもう終わってるんだが、これだけ降らないと、緊急招集がかかることがある」

「神様が、神様に祈るんですか……？」

「別にそこまで珍しいもんでもないがなあ。天照大神《あまてらすおおみかみ》が天岩戸《あまのいわと》に籠もりっきりになったとき、神が勢揃いして彼女を外に出そうとしたし、素戔嗚尊《すさのおのみこと》に八岐大蛇《やまたのおろち》退治を頼んだのも神だ。八百万《やおよろず》の神が、上の神に頼みごとをするのは、大昔からよくある話だ」

たしかにこの辺りの話は、ぼんやりだけれどマンガで読んだことがある気がする。

兄ちゃんはまだ納得できない顔で、お茶漬けをすすってから質問を重ねる。

「京っていうと、京都《きょうと》ですか？　そして神様に招集がかかったっていうことは、出雲《いずも》のときみたいにまた神様が大量に集められるってことで？」

「そうだなあ」

烏丸さんの言葉で、御先様の機嫌が悪い理由がやっとわかった。

年に一度、出雲の神在月《かみありづき》のときには一ヶ月出かけないといけない。そこには本当にピンからキリまで神様がいるんだけれど……。元々御先様は空になった豊岡神社の神域を守るために神様になったのであって、最初から神様ではない。神様はなにかしらと上から目線の人が多くって馴染めないけれど、この神域のためには行くのを断ることもできないから、毎年嫌々行っている。

やっとあたしもわかってきたけど、神様っていうのはそれぞれ独特の価値観で動いている。海神様みたいに皆に優しいフレンドリーな神様って実は本当に珍しいのだ。

氷室姐さんみたいに、社がない神様だったらもうちょっと融通が利くんだろうけれど、御先様には守らないといけない社があるから、神様の面倒臭いルールにもある程度は縛られないといけない訳だ。

「御先様、また行きたくもないところに行かないといけないんですね……大丈夫かなあ」

「そうだなあ。でもお前さんも行くんだから大丈夫だろ」

……おい、またなにかこの人、とんでもないこと言ったぞ。

兄ちゃんは思わず半眼になって、烏丸さんに聞いた。

「ええっと、京都に緊急招集っていうのはわかったんですけど。もしかしなくっても、今回全国の神様が行くってことは、俺らも行かないと駄目……ってことですか？」

「そうなるな。なにぶんあちこちから神が集まっているから、神酒と神饌《しんせん》の奉納が必要だしなあ。だから行ってもらうことになるぞ」

だから、なんでいつも前振りなしでとんでもない用件言い出すんだ。

「いつですか⁉」

「多分明後日だったか」

「って、そっち先に言わないと駄目なことじゃないですか！？毎回毎回こうじゃないですか！ああ、もう……‼」

あたしと兄ちゃんは悲鳴を上げる。

神様っていうのは、ほんっとうにわがままだし勝手だし自己中だし、それでいて決まりやしきたりを破るとすぐ怒るし、揉めるし、いびられるし。

ほんっとうに勝手なんだから、もう。

でもまあ……あたしは行ってもやることなんて特に変わらない。料理をつくるだけだ。今は先に御先様のことを心配したほうがいいよね。ただでさえ、他の神様との折り合いの悪い人が、折り合い悪い場所に行かないといけないんだから。

それに、雨乞いを行わなかったら、氷室姐さんの具合だって悪いまんまだし。

ほんっとうにもう……。あたしは自然と溜息が漏れた。

＊＊＊＊

あたしが海神様の元にいつものように海産物をもらいに行こうとしている中、既に付喪神たちがせっせと京都へ出立する準備をしているのが視界に入った。

出発するの自体は明日からだと烏丸さんから聞いたけれど、全国から神様が来るために、食材も持っていかないといけないらしく、うちの氷室にある野菜や魚を牛車《ぎっしゃ》に積んでいるみたいだ。鳥居前には氷室姐さんが出てきていた。

普段は鍬神たちにもっときびきびと指揮を飛ばしている氷室姐さんは、まだ具合が悪いみたいでへろへろになってしまって鍬神たちが持ってきた木箱の上に座り込んでいる。見かねて、あたしは氷室姐さんに声をかけた。

「氷室姐さんも行くんですか？　今回って体調不良で欠席ってことじゃ駄目なんですか？　雨が降らないってことで具合悪くなってる氷室姐さんが、無理を押して出かけるって本末転倒じゃないですか？」

「うーん……そうも言ってられなくってねえ……」

氷室姐さんは座り込んで、困ったように笑う。

「あたしらみたいな神はね、ちょっとでも顔見せしておかないとすぐ無視されるしねえ。有名な神の名を祀ってるようなところだったらまだいいさね。でもあたしらは元は山の神だからねえ……」

うーん……。

要は大企業とベンチャー企業だったら、実績はどうあれ名前が有利に働くのは、名前の売れてる大企業っていうのと一緒なのかな。だから、定期的に名前と顔を売っておかないと忘れられるのか。神様の世界ってどうしてこうも面倒臭いんだろう。氷室姐さんみたいに自然の神様の要望はほったらかしにされちゃうから、雨を降らせてもらえないってことなのかな。

そうどうにか自分の中で咀嚼し、あたしは「あんまり無理しないでくださいね。あたしちょっと海神様のところまで」と言うと、氷室姐さんは力なく手を振って見送ってくれた。

案の定と言うべきか、海神様の社にも牛車が停まっていて、出かけるための準備をしているようだった。あたしは兄ちゃんのつくったお酒を渡す。

「おお、今日も来たのか。既に魚は渡したと思っていたが」

「すみません。出汁の材料だけもらいに来ました。先日いただいた魚は、漬けたり干したりして使い切ります。あのう、海神様。今回は全国的に神様の緊急招集って感じなんでしょうか？」

「そうだな。昔からあまりに雨が降らなくなると、京に集まって天に雨乞いをしておる。現世の猛暑を、雨を降らすことで冷まさねば、なかなか現世も息苦しいであろうしな」

京に集まる……そういえば京都ってお祭りが多い。京都は神様にとっては特別な場所なのかな。お祭りイコール神事なのは忘れられがちだけれど、御先様が助けられたのも現世の豊岡神社でお祭りが行われたからだ。お祭りをすることは神様たちにとっても意味があることなんだろう。

「雨乞いって具体的になにをするんでしょう？」

「大昔は馬を川に沈めていたが、さすがに馬を用意するには手間がかかるからな。今は絵馬に雨乞いをするというふうに変わったが」

「無茶苦茶物騒なこと言ってますよね!?　馬って……！」

「だから昔のやり方だと言っているであろう。今は他の社と同じく、神饌と神酒で祈りを賄っているぞ」

海神様がそう言ってころころと笑うので、あたしはがっくりとする。脅かすのは、止めて欲しい。

京都はぶっちゃけ、遠足とかで出かけるものであって、あたしの中では自主的に行くところってイメージがあんまりない、名前はよく聞くけど地元じゃないって印象が強かった。ただ夏は暑いし、冬は寒い。春は花見、秋は紅葉狩りで、とにかく年がら年中観光でやってくる人が多いって印象が先に出てくる場所だから、余計に行こうと思い立つことが少なかった。

あたしが困惑している中、海神様はふふっと笑った。

「また御先殿に厄介なことが舞い込んだと思っておろうな？」

「ええっと……はい。そう思ってます」

あたし、そんなに顔に出てるのか。海神様にそう断言されて、間を空けてから肯定したら、海神様は頷いて笑った。

「まあ、出雲のときのようなことにはなるまいよ。それはりん殿のおかげであろうしな」

「えー……あたしの？　なにもしてませんけど」

「あまり謙遜するでないぞ。そなたが謙遜すれば、そなたを買っておる者の評価まで下げてしまうことになるのだからな」

海神様にやんわりと言われてしまったけれど、あたしにはそんな気はさらさらない。

神域に来てから、なにかしら用事であちこち有名な神域に出かけることがあったけれど、自分がやらないといけないことは料理をつくることだけなんだから、褒められるようなことはしてない。

あたしが困惑して頬を膨らませると、海神様はくくと笑った。

「そなたはずいぶんと欲求不満なようだな」

「……欲求不満、ですか？」

「うむ。そなたはあちこちで料理の腕を振るっているようだが、ちっとも満足してないように見受けられる」

そう指摘されて、あたしは思わず考え込んだ。

そういえば。あたしはずっとなにかが足りないって思っていたけれど、それがなんなのかわからなくって、とりあえず日常の仕事をこなしていた。

最初はてっきり兄ちゃんみたいにスランプになって、自分の腕を上手く振るえていないんじゃやと思っていたけれど、それにしては自分の納得のいく料理ができていたから、それはなんか違うようなと思っていた。でも。

欲求不満、と言われたらなんとなくしっくりくる。

そっか……あたし、欲求不満だったんだ。料理はずっとつくり続けているけど、満足はたしかにしていない。でも、どうすれば満足できるんだろう？

考えても埒が明かず、結局は海神様に頭を下げて、出汁用の昆布と鰹節を持って引き返すことにした。

あたしは帰ってくると少し早いけど夕餉の準備をはじめることにした。昆布を使いやすい大きさに切り、鰹節を削っていたところで「りん」と声をかけられた。

ころんが勝手場に顔を出したのだ。

「あれ、どうかしたの？」

「だめになりそうなものをとってきた」

「あー……そっか、お疲れ様ー」

鍬神たちは神様の集会のときには食材の管理をすることになる。今回の京都でもたくさん供えられるだろう全国から届く食材の管理をするんだろう。その間ここの神域は留守になるから、傷みそうな野菜や果物を畑から採ってきたって訳ね。

なにを持ってきてくれたんだろうと思ってころんを見たら、ころんがひょいっと頭に被っている笠を脱いで中身を見せてくれた。中にはたっぷりといちじくが入っている。

いちじくは、完熟するのが早く、傷むのがあっという間の果物だ。

今回雨乞いの期間は決まってないみたいだし、あんまり長いと傷んでしまう。もったいないから甘露煮にして保存食にしてしまおう。おやつは生で食べるにしても。

あたしは一部をころんに「よかったら食べて」と分けてあげ、花火にも「食べてー」とひとつ食べてもらうと、自分もひとつだけ摘まむ。

うん、甘いしちょっとだけ苦い。これは生じゃなかったら味わえないよなあ。熟すのがもうちょっとゆっくりだったら、もうしばらくは生で食べられるんだけど。

少し残念に思いながらも、甘露煮の準備をはじめた。

いちじくのへたを全部切り取ると、それを鍋に入れる。鍋に水を張ったら、花火に頼んで火をつけてもらう。沸騰してきたら、一度茹でこぼす。そうすることで、いちじくのえぐみが消えるんだ。少し楊枝を差して、火がとおったのを確認したら、一旦いちじくをざるに上げる。

続いて、別の鍋にいちじくを移し替えると、そこに貯蔵庫から取り出した砂糖と水を加える。いい加減伊勢からもらってきた砂糖もなくなってきたから、どこかで調達しないといけない。

「花火、今度は弱火にして」

「おーう」

あんまり強く煮詰めると粘りが出てしまうし、だからと言ってあんまり火が優し過ぎるといつまで経っても甘露煮にはならない。火加減を花火に調整してもらいながら、ときどき底が焦げないようにして混ぜる。

あたしは火の番を花火に任せ、水分補給用に兄ちゃんからもらった甘酒を喉に流し込みながら作業を続けていた。さすがにここで何度も何度も、熱中症になっていてはかなわない。

大分水分がなくなってきて、いちじくも琥珀色になってきたところで、ようやく火を止める。あたしはひとつトロトロになった甘露煮を食べて、目を細めた。

「うん、おいしい」

生のいちじくとはまた違ったおいしさだ。

出来上がった甘露煮は、壺に入れておく。烏丸さんはまた留守番になる。皆がいない間、この神域を守ってくれるのだ。だから、これをおやつに食べてもいいよと伝えておこうと思いながら、あたしはいそいそと甘露煮を器に入れた。

「あれ、りん。それはどうするんだい？」

「御先様にもあげる」

「きのうもだったろう？」

「それもそうなんだけれど。御先様、また折り合い悪い場所に行くからピリピリしているし、なだめないと」

明日から出発するとはいえど、あの状態で京都に行ったら、また塞ぎ込んで部屋から出てこない、最悪、またあたしが賄いを運ばないとなにも食べてないって状態になりかねないから、心配なんだ。

花火は「がんばれー」と言って手を振ったので、あたしは頷いて出かけていった。

御先様はときどき、御殿の最奥にある社で、現世の社から届く願いを叶えている。もし、そのお役目の時間だったら会えないのだけど、昼下がりの今なら広間にいるんじゃないかな。あたしはそう思いながら、広間へと出かけていった。

りぃーん、りぃーんと音が鳴るので、あたしはちらっと上を見た。付喪神だろうか、少しでも涼しいようにか、風鈴を廊下に垂らしていた。涼やかな音に目を細めていたら、やがて広間の襖が見えてきた。

「御先様、いらっしゃいますか？」

また不貞寝してないといいんだけど。それとも、お役目中？

あたしがそう思って襖の前で座っていたら、奥から声が返ってきた。

「何用だ？」

「ええっと……旬のいちじくが採れたんですけど、出かけている間に傷みそうだったので甘露煮にしたんです。よろしかったらいかがですか？」

返事がない。機嫌が悪いのに、火に油を注いでしまったんだろうか。あたしは心配になって「御先様？」ともう一度声をかけたら、すぐに小さい溜息のあとに言葉が返ってきた。

「……入れ」

「はいっ……！」

あたしはピンと背筋を伸ばすと、広間へと入っていった。

不貞寝していたのかと思っていた御先様は、窓を開けっぱなしにして風鈴の音を聞いていたようだった。湿気があるけれど、窓を開け放っていれば意外と汗ばむことはない。

「これか、甘露煮は」

器に盛られた琥珀色のそれを見て、御先様は唸る。あたしは頷くと、お膳を御先様の前に置いた。御先様がそれを黙って楊枝で食べ出したのを見ながら、あたしは「あ、あのう……」と切り出す。

御先様がまっ白な眼差しで見つめてきたのに少し怯みながら、つっかえつっかえ話す。

「今回の京都……京に行くって、いったい滞在期間はどれくらいなんでしょうか」

「わからぬ。夏越《なごし》の祓《はらえ》の頃には終わればよいが」

「なごしのはらえ？」

「……年に二回、大祓《おおはらえ》が行われる。十二月末は年始が滞りなく来るように、六月末は夏が無事に過ごせるように」

「あー……」

そういえば、たしかに大晦日は、御先様も奥にある社で祝詞《のりと》を読んで大祓を行っていた。そのとき烏丸さんが教えてくれた。年に二回、穢《けが》れを祓うお祭りが行われると。年末には年越しの大祓が行われると。夏だから、夏がちゃんと迎えられるようにってことか。

あたしはようやく納得した。京で雨乞い祈禱《きとう》を行おうっていうのはいいとしても、タイミング的には夏越の祓と重なっているから、御先様は怒っている訳だな。御先様が守っている現世がないがしろにされていると。

「でも他の神様からの緊急招集、断れないんですよね？」

「……雨乞いは必要だからな。どのみち、このままでは氷室のはよくならぬ」

「たしかに」

やっぱり心配はしてるんだね。あたしだって氷室姐さんは心配だ。無理を押して京都にも行くみたいなんだもの。

御先様が甘露煮を食べるのを見ながら、あたしは言う。

「早く終わるかどうかは、それこそ神様次第なんであたしにはわかりませんけど。ただ京でも御先様が気持ちよく過ごせるよう、食事づくり頑張りますから」

御先様はこちらのほうをじっと見たあと、ぽつりと言う。

「……そうだな。明日には発つ。支度しておくように」

「はいっ」

あたしはそう言って、立ち上がった。

変わってないように見えて、御先様も変わってきている。御先様が合わない場所にも行かなきゃいけないなら、あたしもそれに添えるように頑張らないと。

＊＊＊＊

神域が大わらわになってしまっているのは、急な出立のせいだろう。

行く付喪神、留守番する付喪神もさまざまだ。料理やお酒の準備をする役割のあたしたちや付喪神は強制参加で、留守番と皆の分のご飯の準備をしていた。

「烏丸さん烏丸さん、ここに魚を味噌漬けにしていますから、焼いて食べてくださいね。ご飯は前に炊き方教えたから大丈夫だと思いますけど。あと漬け物も置いておきますから、適当に食べてくださいね。あ、おやつの甘露煮がありますから、適当にどうぞ」

暑くなるとどうしても、食べ物が傷みやすい。現世では減塩でつくる味噌漬けや漬け物も、ここではたくさん塩を使って水気を絞り、保存するときにも塩を足しておかないと、すぐに傷んでしまう。

一応傷みにくいように味噌漬けや干物にした魚や、梅干しは用意したから、ご飯が炊ければ問題ないとは思うんだけど。烏丸さんは苦笑しながら、頷いてくれた。

「まあ、さすがに何度も何度も炊き方指導してくれたからなあ。もう大丈夫だぞ」

「だといいんですけど……それにしても京都って、勝手場はどうなってるんでしょう？　今回は緊急招集だって言ってましたけど、ちゃんとつくれるんでしょうか？」

神域の勝手場っていうのもそれぞれ違うらしい。

御先様の神域の勝手場は、ひとりで回せる程度の大きさだけれど、他の神域ではお祭りのために大量に神様に食事を出すために大きくつくられているところもある。食事は現世からのお供え物だけで賄っていて、勝手場を使ってない神域だってある。

それに、ほとんどの神域には本来は料理番は存在せず、神様の食事は現世のお供えで賄われているのだけれど。京都なんて言ったら古都だし、昔は日本の首都だった場所だ。お供えが途切れることなんてまずないだろうから、どうなんだろうなあとあたしは首を捻っていたら、烏丸さんは笑う。

「雨乞いの緊急招集なんて本当に久しぶりだ。あっても今までは御先様の力が落ちていたから免除されてただけだしなあ。そんなにお前さんが身構えるほどのものではないぞ？」

「はあ……呼び出されたら、皆京都に行ってたんですか」

「元々あそこは、大昔から国に災いが起こったら鎮めるための儀式が繰り返されていた場所だからなあ」

あたしがわかってない顔をしていたら、烏丸さんが「それに」と付け加える。

「案外お前さんが行ってみたら、楽しい場所かもしれんなあ。京は」

「そうなんですか……？」

「お前さん、本調子じゃないと前にも言っていただろう？　京で何か見つけてこじかみたいに調子を取り戻せればいいんだがな」

そう烏丸さんに言われて、あたしはまたもわからないという顔のまま、貯蔵庫の戸を閉めた。

あたしはちりとりを持ってきてその上に薪を乗せ、かまどの中で丸まってあたしたちの一部始終を見守っていた花火の前に屈み込む。

「からすま、ごはんだけなら、まともになったんだぞ」

「そっか、それなら大丈夫かな。魚、焼くときにちゃんと見てあげてね」

あたしはそう言ってちりとりを差し出すと、花火はどこにあるのか知らない肩を怒らせた。そしたら次の瞬間、ぽんっと音を立てて、花火が分裂した。

ひと回り小さくなったふたりの花火は、片方がちりとりに乗り、残ったほうの花火はかまどの中から手を振る。

「いってらっしゃい」

「うん、行ってきまーす。烏丸さんのご飯の面倒よろしくね」

そう花火に頼んでから、あたしは勝手場を出て牛車のほうに向かう。

既に御先様は一番豪奢《ごうしゃ》な牛車に乗って出発してしまったようだ。兄ちゃんはくーちゃんと一緒に、他の牛車に乗り込んだみたい。あたしたちも荷物がいっぱい詰まっている牛車に乗り込んだ。

食料がたくさん詰まっている牛車に入っていくと、一番奥に氷室姐さんが横たわっているのが見えた。本当にぐったりしている。牛車の中でも鍬神たちが彼女の看病をしているのが見える。行かないと駄目とは聞いてるけど、このまま京都に向かっちゃって大丈夫なのかな。

あたしはできる限り花火を乗せているちりとりを氷室姐さんから遠ざけて、膝を突いて氷室姐さんに声をかけた。

「氷室姐さん、やっぱり今回はここに残ったほうが……」

「無理さねえ……これで現世で雨が足りないってことになったら困るから」

ぐったりしているにもかかわらずそう氷室姐さんが、きっぱりと言い切る。その口調から緊急招集に応じなかったときに、嫌な思い出があるのかもしれないと察する。

鍬神たちは食料を運ぶ以外に、氷室姐さんの看病もしないといけないから大変そうだ。定期的に氷室姐さんの額と首元に載せている手拭いを取り換えている。あたしはそれを見て溜息を吐きながら、隣に座った。

せめて京都に着くまでは、あたしも手伝いをしよう。わずかにたらいに入れられている水で濡らした手拭いを絞って、氷室姐さんの額と首元に載せる。普段ならもっと低体温の氷室姐さんの体は相変わらず熱いし、頬も真っ赤なままだった。

ふいに牛車は揺れる。牛車が京都に向かって出発したんだ。

ときどき積んでいる食料がカタカタと鳴るのを耳にしながら、出発後もあたしは氷室姐さんの看病をしていた。ときどきころんが「やすんだほうがいいよ」と裾を引っ張って無理矢理取らされた休憩を挟みながら、京都までの道のりを過ごしていた。

ふと、神域の雰囲気が変わったことに気付く。そこそこ湿気があり、べたついていた空気が一転、さらっとしたような気がしたのだ。

あれ、と思ってあたしは簾《すだれ》の向こうを覗き込んでみる。

神域らしく、どこもかしこも霞がかっているのは変わらないけれど、朱色の鳥居に灯籠《とうろう》が目に入る。そして長い階段の先を目指して、あちこちの牛車が上に向かって飛んでいるのが見える。

神様の神格により、牛車の豪華具合は変わるらしい。豪奢な牛車から順番に鳥居の向こうに吸い込まれていく。あたしたちはほぼ最後のほうで、しばらく待ってようやく入れてもらえた。

牛車から氷室姐さんに肩を貸して降りる。鍬神たちには「皆にはやることあるんでしょう？　そっち優先して」と言って、ころんにだけ「花火を連れてきて」と頼む。鍬神たちには食料を運んでもらわないといけないもんね。

ころんは花火の乗っているちりとりを持ってついてきてくれ、あたしは氷室姐さんに肩を貸したまま、神域へと足を踏み入れる。

今までもいくつか神域に行った。そこでいろんな神様にも出会った。きっとここでもしきたりだとか格式だとか言われるんだろう。氷室姐さんを連れて行ってとやかく言われたらどうしよう。そうおろおろしていると。

「りん殿？」

聞き覚えのある声で名前を呼ばれた。振り返ると、知っている女神様でほっとした。どうも先に京都の神域に来ていたらしい海神様だった。あたしはぺこりと頭を下げて、氷室姐さんを診てもらうことにした。

「氷室殿もずいぶんと弱ってらっしゃるな。今年は現世の気象がずいぶん荒れているらしいが」

「あー……すまないねえ……情けない姿を見せちまってさ」

「仕方があるまいよ。氷室殿みたいな方は皆こうなっておる」

そう海神様が言うと、なにかがくるくると回ってやってきた。

つむじ風みたいなものが現れたと思ったら、ちょうど氷室姐さんひとり分乗れるくらいの椅子のような形になった。あたしが姐さんを恐る恐るそれに乗せたら、そのままつむじ風は氷室姐さんをいずこかへと運んで行ってしまった。

周りを見たら、ぐったりとしているのは氷室姐さんだけじゃない。

ふらふらと歩いている神様らしき人。今にも倒れそうだと思ったらつむじ風がやってきて、そのまま運んで行ってしまった。御殿の中に入る前に座り込みそうなくらいに具合の悪そうな女神様も、頭つるつるの神様もだ。皆つむじ風に乗ってどこかに運ばれていく。

そっか。日本には自然信仰の小さな社があっちこっちにあるから、そこの神様にとって現世の異常気象は堪えたんだ。

現世と神域は互いに影響を与え合っているんだから、そりゃ現世で異常気象が起こったら、こうやって緊急招集だってかかるんだよねえと納得し、あたしは海神様に頭を下げた。

「ありがとうございます、氷室姐さんのこと、どうぞよろしくお願いします」

「うむ。雨乞いの儀式さえ終われば、彼女も壮健になるとは思うが」

「はい。それじゃあたしは仕事がありますから」

何度もお礼を言ってから、ようやくあたしは花火ところんと一緒に勝手場を探すことにした。それにしても。

今まで行ったことのある古くからある神社の神域では、どこだって格式ばっていたり、変なしきたりがあったりするんだけれど、京都の神域はどうしてこうも親切なんだろうと首を傾げてしまった。他の神域だったら、格式通り行えたら、問題がある部分は切り捨ててしまうようなところがあるんだけれど。

さっきまですぴぃすぴぃ眠っていた花火が、目を擦り上げて起きて、こちらの顔をじっと見てきた。ころんに運ばれるまま、あたしの顔を見上げてくる。

「なんだい、りん。ふしぎそうなかおして」

「そう見える？」

「みえるー」

花火の言葉に、ちりとりを持っているころんまで同意するように頷く。

あたしはあちこちを見回しながら言う。

「だってさあ、ここの神域。なんかあたしの知っている神域と違うんだもの。なんでだろう。そういえばここ、あんまり暑くないね。むしろ涼しいというか……」

「ここは、みずのかみさまのしんいきだからだとおもうぞ。あと、ここはそんなばしょなんだとおもうぞ？」

「そんな場所って？」

あたしが花火にそう尋ねていると、音が聞こえてきた。

かまどに載った釜が鳴り響き、その音を追いかけたら湯気がしゅーしゅーと立ち昇っているのが見える。

中を覗き込んでみたら、そこは勝手場だった。既に料理番の人たちが料理を仕込んでいるようだ。

広さは御先様の神域よりも広く、小学校のいち教室ほどはある。しょっちゅう神様が集まるせいなのか、手前のかまどはどれもこれも使い込まれた焼け跡が付いている。奥には揚げ場、焼き場と続いている。

今回は緊急招集って聞いたから、もっと簡単なご飯になるかと思っていたけれど、そんなことはない。料理番の人たちの手元を見て、あたしは喉を鳴らす。つくっているのは京料理というやつだ。

京料理は、有職《ゆうそく》料理、精進料理、懐石料理、おばんざいを合わせた料理だと言われている。

元々京都は地理的に海のものがなかなか手に入らない環境にあり、乾物や豆腐料理をどうにかおいしく食べようと工夫してきた背景が存在する。

味は薄口だけれど、香りや見た目の華やかさでそれを補うという手法が取られていて、下準備の段階でこれまで生であまり見たことのない綺麗な飾り切りがされているのが見て取れる。

菊型のにんじん。編み上げられたきゅうり。添えられる柑橘ひとつとっても、その細工の細やかさは目に留まる。

前に出雲で料理番をしたときは、一番下っ端だったからひとりで延々お米を研いで洗って炊くのを繰り返していたけれど、今回はどうなるんだろう。あたしは怖々と花火とところんを伴って勝手場へと入っていった。

元々神域には料理番は少なくて、しかもあたしみたいに生きている人間が料理番をしているのはほぼいないらしい。

神域にいる料理番は主に死んだ人で、地獄に落とされた人たちが、刑を軽くするため有事の際に料理をしているらしい。

かまどを見ると、そこには既に米を炊いている気配がある。だとしたら今回は米を炊かなくってもいいのか。その代わりに、他の仕事を探さないと。

あたしはどうしたらいいのかと、きょろきょろと辺りを見回していたら。

「おう、りんかい？」

「はい？」

聞き覚えのあるなまった口調にあたしは振り返ると、そこには見覚えのある顔があった。死んだ人にしては比較的血色のいい顔色をしたその人は、柊《ひいらぎ》さん。

出雲で会った料理番さんだ。出雲ではいろいろあって御前《ごぜん》試合をしたこともある。たしかその御前試合でどこぞの神様に気に入られて、そのままどこかの神域にスカウトされて連れて行かれたはずだ。

神域をあっちこっち巡りしているらしいけど、まさかこんなところでまた会えるとは思わなかった。あたしは背筋をピンッと伸ばした。

「こんにちは！　お久しぶりです！」

「んー、久しぶりだったか。おらはそんなに前には思ってなかったが。おめさんも今回の緊急招集で来たんかい？」

「はいっ！　あの、ここでなにをするのか決まってますか？　どこを手伝えばいいのかさっぱりで……」

見ている限り、これから献立が出されていくのだろうけれど、このままだと後片付けの皿洗い以外にやることがなくなってしまう。あたしが途方に暮れていると、柊さんは悠然とした態度で笑う。

「そだなあ、おめさんやることがないんだったら、おらの助手をするだか？」

「え、いいんですか？」

「おらも鱧《はも》の処理をひとりでするのは、時間がかかるからなあ」

そう言って笑うのに、あたしは顔を引きつらせた。

そっか。そうだよね。京都といったら鱧だし、シーズンだって今の時季だもの。栄養価が高い上に、疲労回復にも効く魚だから、これから雨乞いの儀式で忙しい神様たちにもぴったりなんだろう。

でもな……。

あたしはどうして凄腕料理番であるはずの柊さんがわざわざあたしを助手として呼んだ

のか察して、顔が硬ばった。

京都では夏に鱧がよく食べられるけれど、鱧の下処理は家庭では難しく、スーパーで既に下処理が済んでいるものを買うか、料理屋で食べるかの二択になることが多い。スーパーで売っている処理済みのものは、鮮度が落ちてしまっていて、はっきり言ってあんまりおいしくない。

鱧の下処理というのは、骨切りというものだ。

柊さんが「よっ」と言いながらまな板の上に置いた鱧を見て、思わず「うわあ……」と声を詰まらせていた。長い胴体だ。それを柊さんはさっさと三枚におろして、その一枚をあたしの前に置いた。

鱧は小骨が多い。とにかく多い。だからこそ、数ミリ単位で包丁を当てる骨切りという作業が欠かせないんだけれど、これが皮一枚ほどの厚さを残して包丁の刃を入れないといけないのだから大変な作業なんだ。

鱧の骨切りは、はっきり言って包丁使いの腕が露骨に出てしまうため、誤魔化しが利かない。

あたしは怖々と自分の包丁を取り出して、鱧の身に刃を当てる。

隣で作業をはじめた柊さんを見て、あたしはその技にぎょっとしていた。

リズミカルにギッギッと音を立てながら骨切りをしていく柊さん。その刃の入れ方は見事で、まるでここにはない物差しを当てているみたいに、均一な間隔で正確な線が刻まれている。

「ほら、見とれてねえで、さっさとやるやる。切った順番に揚げてくんだからなあ」

「あ、はい……！」

柊さんは骨切りが済んだ鱧をひと口大に切り分けると、軽く塩を振ってから粉を振って温めた油の中に投下していく。かまどでは火の神が温度の調整をしてくれているから、油の温度調整は万全だ。

揚がったものは、あたし以外の助手の人たちが素早く器にあしらいと塩の入った小皿と一緒に盛り付けていく。このスピードに合わせないといけない。あたしも鱧に包丁の刃を突きつけた。

包丁そのものの重さに任せながら、皮まで貫通しないように切っていく。ギッギッという骨を切っていく音は、柊さんのようにリズミカルにテンポよくはならないものの、どうにか及第点くらいの出来で骨切り作業は進んでいった。

あたしが骨切りの作業を終えた鱧は、次から次へと柊さんの手にかかって天ぷらに変わっていく。鱧と包丁にだけ意識を集中させながら骨切りに没頭していったら、あっという間に作業は終わってしまった。

「はあ……終わりました」

「おうおう、お疲れお疲れ。おめさん骨切りは初めてかい？　それにしちゃずいぶんよくできていたが」

「いえいえ……體の下処理は、見たことはあってもやるのは初めてでしたから、柊さんほど綺麗に素早くはできませんでした。綺麗に数ミリ単位で刃を入れていこうとしたら、どうしても動きが鈍くなりますし、早くしようとしたら刃を入れる間隔がおざなりになりましたから」

「わかってるんだったら大した進歩さ」

そう言いながら、あたしが使った包丁を拭ってから研ごうとしているとき。

「あのぉー、すみぃません。ここはどこですかぁ？」

なまった口調が響いて顔を上げると、あたしは目が点になってしまった。

金髪に彫りの深い顔の女性は、Tシャツに鞄にジーンズと、どこからどう見ても外国からの観光客だった。しかも死んだ人ではなく、あたしと同じ生きている人なのだ。そりゃ京都は日本有数の観光地だ、外国人だって大勢いるだろう。でもなんで神域にいるんだと、あたしは口を大きく開いてしまった。

その人を見ても、柊さんはあっさりとした態度だ。

「あー。元の場所帰りたいんだったら、そこに朱い鳥居と灯籠があるだろう？　そこさ真っ直ぐ進んで階段降りたら、帰れるから」

「ありがとございます」

女性はぺこりと頭を下げて、そのまま立ち去ってしまった。

あたしは開いた口が塞がらず、ただ女性の帰っていった方向に指を差して、柊さんを見た。柊さんに「おめさん、人さ指差したらあかんよ？」と言われるものの、こちらも言葉に詰まってしまってどうすればいいのかわからない。

「あの……今の人は……？」

「んー？　京は日本有数の神域だったと思うが？　京はあっちこっちに寺社が並んでいる関係で、そこかしこに現世と神域の出入り口あるべさ。そのせいか、ときどき現世と神域の境《さかい》さ曖昧になってあっちからこっちに迷い込むことぁよくあるさ」

「じゃ、じゃあ……さっきの人も……。彼女、現世に戻ったら、騒いだりとか、しませんかね……？」

普通、鳥居をくぐって霞がかった知らない世界に迷い込んだら、大騒ぎしそうだけれど。ここにいるのはほとんどが死人か付喪神か神様で、見た目だって違うんだから。あたしみたいにほぼ誘拐同然で神隠しに遭ったのならともかく、説明なしでこんな世界に来たらパニックになるし、皆怖がってしまうんじゃ。

そう思ったけれど、柊さんの飄々とした態度は変わらない。

「んー……それはねえんじゃねえかい。おめさんの例はおらもあまり知らんが、たとえ偶然迷い込んでも、現世に戻れば、普通はその間の出来事さ忘れちまうだよ。神域と縁があったのならいざ知らず、縁もゆかりもねえ場所のことなんか、すぐ忘れてしまうさ」

「……ええ？」

そうあっさりと言われてしまい、あたしは途方に暮れてしまった。

今まで、神域の記憶を忘れてしまうなんてこと、あたしは一度だって考えもしなかったからだ。

あたしは「そうなの？」と花火ところんのほうに視線を落とす。今回は未だに出番がないせいで、花火はずっとちりとりの上。ころんは花火を邪魔にならないところに置いて、かまどの薪の番をしてくれていた。

花火は首を傾げて答える。

「みさきさまのしんいきのれいって、ほんとうにめったにないことだからな。ふつうは、げんせからしんいきにまよいこむことはあっても、わざわざさらってくることなんて、ほんとうにないんだぞ？」

「ああ、そう……そうなんだ……」

自分でも、なにをそこまで打ちひしがれているのかはわからない。ただ神域の当たり前は、あたしにとっては当たり前じゃないだけだ。

神域にいるときの記憶を忘れてしまうって、それって相当まずいことなんじゃないかと、勝手にそう思ったんだ。

間章

幽玄な場所。飴色の柱も、高い飾り天井も、青々とした畳も、なにもかもが我の神域の上をゆく場所。そこでころころといい加減な言葉ばかりが飛び交う。

「あの、人の料理番殿は、使えるのではないかえ？」

そう申した神に、我はなんと答えればよかったのだろうか。

「……あれは腕が未熟ゆえに、その役目は務まらないと存じる」

せめてもの抵抗でそう申すと、神々は次から次へと口を開くのだ。

「だがあの者であろう？　伊勢のを納得させたのは」

「たしか出雲でも」

「ああ、あのときに食したのをつくったのは……」

その身勝手な言葉に、我は溜息が出そうになるのを必死で堪えた。

あれらは、あの子の心をなにひとつ考慮してはおらぬ。

出雲で料理番たちの御前試合をはじめた。

伊勢で年神《としがみ》に料理を出した。

その話は瞬く間に女神の間に伝わり、次第に男神の間にも流れて伝わった。

あの子の料理に興味を持つ者、食したいと望む者が出るのは勝手だ。どのみちここの食事はとてもじゃないがひとりでつくれるものでもない。他の料理番と共につくるのであれば、あの子に負担がかかるものでもなかろう。

だが、京での審議で、あの子に「役目」を与えたいとのたまった神がおった。

それに次から次へと賛同者が現れ、我ひとりでは止めきることができなかった。

あの子は前々から、人に頼られることに弱い。情を移した相手にはなおさらのこと。力を尽くし、尽くし過ぎるところがあるのだから、厄介なことこの上ない。

今は夏場で、あの子と懇意にしている氷室のも弱り切っており、盾にはなってくれぬだろう。海神のはよくも悪くも公正で、皆に利があると判断した場合は止めぬであろう。他の神は論外だ。


人間は勝手であるが、神も勝手でままならないものだ。

あの子がまた倒れるようなことが、あってはならぬだろうに。

神は人の縁を紡ぐ。

しかし一生を紡ぐことはできぬ。

あの子の縁を全てものにしようというのは、あまりにおこがましい。

第三章

あたしは鱧料理の手伝いが終わったあとも、洗い物をしながらそれぞれの皿に載った美しい料理を必死で凝視して、覚えようとしていた。

菊模様に切られたきゅうり、色がくすむことなく煮られた茄子、器にされたトマトに、そこに詰められた卯の花。

「なんというか、もっと出雲のときみたいに宴会料理になるのかと思っていましたけど。見た目は派手なのになんか違いますねえ」

あたしは洗い物を続けながら柊さんにそう言うと、柊さんは「んだなあ」と笑う。

「京の緊急招集の場合、大概は天災を鎮めようとするためのものさ。だから、つくる料理というのも祈りになる」

「祈り……ですか？」

「んだ。神様は信仰がなかったら力が発揮できないさ。ましてや天災を鎮めるとなったら、現世で供えられているものだけじゃ賄い切れないから、こうやって神域側からでも信仰を集めようとするんさ。大昔は信仰を集めるために、命を食らっていたらしいが、さすがに対価の割が合わないということで、今は料理に変わったが」

……日本には四季がある。天気のいいときと悪いとき、暑いときと寒いときと、いろいろあるんだろうけど。それでも天災を鎮めるために命を捧げるという方法は物騒過ぎやしないか。

海神様から聞いた話を思い出しながら、あたしは苦笑いをしつつも、最後の皿を洗い終えた。

御先様はちゃんと食事を終えられたんだろうか。あの人、出雲に滞在の間はまともに食事を摂っていなかったから、あたしは定期的に賄いを分けてもらって持っていっていた。

あたしはそう気を揉みながら、宛がわれた部屋へと戻ろうとした。

霞がかった庭に、ときおり笹の葉の鳴る涼やかな音が聞こえる。神域の中だけを見ていたら猛暑や雨不足なんて嘘のようだ。あたしがそう思っていたら、庭木を眺めて散歩している、まっ白な人の姿が目に入った。

「あの、御先様。食事は、摂られましたか？」

あたしがそう声をかけると、御先様は一拍してから振り返った。やや疲れた顔をしているのは、また偉い神様たちにあれこれと無理なことを言われたせいなのか、またいけずな神様たちの嫌味に辟易《へきえき》したのか。

はらはらとしていたら、御先様はようやく口を開いた。

「問題ない。そちはそちの仕事をするがいい」

よかった、御先様が食事を摂ってるなら、問題はないか。あたしがそうほっとして「はい」と返事をしようとしたとき、それより先に御先様が「それと」と付け加えてくる。

「できぬことは引き受けぬように。そちはやや仕事を抱え込む性分がある。くれぐれも、用心するように」

「はい……？」

「……そちはいらぬことに首を突っ込みたがる癖がある。それは治すがよい」

「い、いつも問題のほうから来るんで、今は問題が来てないので、大丈夫ですよ？」

あたしがきょとんとしていたら、御先様は再び庭の散策に戻ってしまった。

うーん。あたし、どうにも神域で問題を押し付けられることが多いから、それに対しての警告なのかな。普段の御先様なら黙っているだけなのに、あんな風に注意されたのって初めてだよな。

それは少し嬉しいかな。あたしはそう思いながら、今度こそ宛がわれた部屋へと帰っていった。

御先様が普通に神様たちと一緒に食事できることが、今は本当に嬉しい。

＊＊＊＊

次の日は澄まし汁のために鰹節をたっぷり削って沸いたお湯に投下していた。鰹節が鍋底に沈んだら網で鰹節を濾《こ》してから、その香りを吟味する。薄口の京料理は、もっぱら出汁で味を調えるのだから、一番出汁の香りは本当に大事。

香りがしっかり出ているのを確認してから、塩を振っていたところで。

「人間の料理番はいるか？」

勝手場に場違いな身なりの綺麗な男性が顔を出したので、皆一斉に顔を上げた。あたしは驚いてそちらのほうに視線を送る。

ここの人たちは皆死んでいる人だから、多分この人も神様のひとりなんだろう。

かまどの番をしている花火と、かまどに薪を入れてくれていたころんは顔を見合わせる。あたしは「はい、あたしです」と手を挙げると、その人は「うむ」と頷いた。

「至急、広間まで来るように」

「はい？　でも、朝餉の準備がまだ」

「料理番同士で替わるように。以上」

きっぱりと言い放つと、そのまま行ってしまった。

相変わらず神様って横暴だなあ……思わず溜息が零《こぼ》れる。

あたしはどうにも偉そうな神様たちと考えが合わないらしくって、ときどき嫌味を言われたり説教を受けたりするんだけど、今回は神様に呼び出されるような理由が思いつかない。だってまだここに来て一日も経ってないじゃない。

「んー、おめさん呼ばれてるが、どうする？」

柊さんが声をかけてくれたので、あたしは頷く。

「なんでしょね、本当。とりあえず行ってきます。花火、ころん。ちょっと行ってくるよ」

かまどのほうにそう声をかけると、花火はじっとりとさっきの神様が去っていった方向を睨んでいた。

「ぜったいやなよかんがするんだぞ」

「……それは言わないで。あたしもそう思ってるんだから」

あたしは、本当に怖々と広間へと出かけることにした。考えてみたけれど、やっぱり呼び出しを受ける理由が思いつかない。磨き抜かれた長い廊下を通って、どうにか広間の前に着く。

あたしは怖々と広間の襖の前に座る。

襖には金箔が貼られ、流麗な松の絵が描かれていて、触るのに躊躇してしまうほどだ。御先様の神域のものよりも細工が細かい。

「料理番のりんです。呼ばれましたので、参りました」

たどたどしい敬語で襖に向かって声をかける。これで大丈夫なのかなと思っていたら、向こうから「入れ」と声があった。

「失礼します」

怖々と襖に手をかけ、開く。中を覗くと奥にはずらりと男神様、女神様が座っていた。

神様という人たちはどうにもこうにも、全員が全員驚くほど顔がいいものだから、この中でただひとりの人間であるあたしは萎縮してしまう。御先様はどこだろうと視線をさまよわせる前に、「こちらに参れ」と奥から声をかけられた。

男神様なのか女神様なのかわからない白い髪の神様は、青い束帯《そくたい》に金色の目をしていた。首筋までの長さの髪は、まるで鱗みたいにとげとげしく跳ねていて、見てると妙に落ち着かなくなる。

もしかしなくっても、この人がこの神域の管理をしている神様なんだろうかと思いながら、あたしは背筋を伸ばした。

「そなたか、りんという料理番は」

やけにオーラのある声は低く、この性別不明な神様は、一応男神様らしいと判断する。

「はい……」

「まあ力を抜いて楽にな。座るがよい」

「失礼します……？」

こちらに視線が集中して落ち着かないけれど、ひとまずあたしは男神様の前まで歩いていき姿勢を正して座った。

この人なんであたしのこと知っているんだろう。怖々と見るけれど、どうにも覚えがない。

あたしが御先様以外の神域で料理をつくったことは二回。一度目は出雲で、二度目は伊勢だ。伊勢は女神様ばかりだったから違うはずだ。だったら出雲でわたわたしているところを、見られていたんだろうか。

でも、そんな神様にどうしてあたしは呼び出されたんだ。

「あのう……あたしはここに伺ってまだ一日ですが。なにか神様に不都合なことをしてしまいましたか……？」

こんなところに呼び出されるなんて、また怒られるんじゃということしか思いつかない。女神様たちとはそこそこ話ができるようになったけど、あたしは男神様の神経を逆撫でしてしまう性分らしく、話が嚙み合ったことがない。

あたしが怖々と声をかけたら、その男神様はふふんと笑った。

「いやいや、すまぬすまぬ。そなたを困らせるつもりはないのだ。そなたを呼び立てて嫌味を言いたい訳ではないから、あまり固くなるな」

「はい……」

「なに、そなたにはお願いがあって呼び出したのだ」

お願い。あたしはその言葉に背筋を伸ばした。

神域では、下手な約束はしてはいけないと御先様に注意されている。一度神様と約束をしてしまえば、それを守らなくてはいけない。破ったら死んでしまうからだ。前もうっかりと年神様と約束してしまい、ひどく怒られたことがある。

いったいこの人、なにを言い出す気だろう。あたしがじろじろとその男神様を見ていたら、その人は緩やかに笑ってこう告げた。

「そなた、これからここで執り行われることは、そなたの住まう神から聞いておるか？」

「ええっと……雨乞いの儀式を行うのだと伺いました」

「さよう。この神域において、天の神に雨を乞う儀式を執り行うのだが、それだけでは事足りぬ。そのために、人間であるそなたが必要なのだ」

「はい……」

あたしは今まで自分が聞いた話を思い返して、この男神様の意図を把握しようと頭を悩ませる。

現世と神域は連動しているから、現世で問題が起こった場合は、神域にもその問題は反映される。だからもし問題が起こった場合は、現世と神域、両方で解決しないと本当の意味で解決しない。

今回は現世が深刻な雨不足なせいで、こうして神域で雨乞いの儀式を行うことになったって聞いたけれど。あたしが呼ばれたのはどういう理屈なんだろう。

あたしが曖昧な相槌しか打てないのを気にする素振りもなく、男神様は続ける。

「なに、神饌をつくって欲しいのだ。お供えと言えば、わかるか？　それを現世の社に供えて欲しい」

「え？　それだけでいいんですか……？」

あたしの素っ頓狂な言葉に、周りから非難の視線が痛い。痛い痛い、でもお供えなら、そこまで肩肘張る料理をつくらなくってもいいとは思うんだけど。

あたしの言葉に、男神様は目を細めて笑った。

「うむ。もちろんこの社にも、現世から神饌は届いておるが、今年の雨不足は深刻でそれだけでは足りぬのでな。現世の社、神域の社。どちらにも供物が必要なのだ。現世の社に供えてもらうとなれば、死人の料理番には頼めぬからな。それに、そなたは先日の当番を全うし、年神の育成に貢献したと聞く。神々の評判も上々だからのう、問題あるまい？」

去年の年末、御先様が年神様を各地に配る仕事を任せられたときに一緒に伊勢に行って、神饌を食べられない年神様に食事を用意したことはあるけれど、育成に貢献したとかそんな大それたことまでした覚えがない。

あたしの知らないところで、話に尾ひれ背びれが付いて回ってないか。

だらだらと冷や汗をかきながら、あたしは返事を考えあぐねていた。

話を聞く限り、お供えすれば雨乞いの儀式が進むのだろうし、その分、氷室姐さんの体調も早くよくなると思う。それに現世に出られるというのも魅力的ではある。

同時にこれだけあたしにとって都合がいい話だと、なにかの罠じゃないのかって肩が強張ってしまう。厄介ごとにあれこれ巻き込まれたことがあるせいで、どうしても警戒が解けない。

男神様はふふんと笑う。

「まあ、神々のわがままに振り回されて辟易としている気持ちもわかるがな、馬を何頭も沈めてもらう訳にもいくまい。頼めぬか？」

あたしは突き刺さる視線のほうに振り返って、ようやくまっ白な髪にまっ白な目の神様を発見して、ほっとした。

御先様と来たら半眼で「言わんこっちゃない」とでも言いたげな顔をしている。

うーん……御先様は、あたしがまたも面倒ごとに巻き込まれないように警告してたってことは、素直に神饌づくりを引き受けることには反対ってことだろう。今の男神様の言い方からすると、追加で仕事を頼まれるようには思えないけど、もうちょっと探りを入れてから引き受けたほうがいいかな。

「……ふたつほど、条件を付けてもよろしいですか？」

あたしは言葉を選びながら言う。神様と一度でも約束してしまったら、クーリングオフが利かないんだから慎重に行こう。あたしの言葉に、男神様は興味深げに眺めてきた。

「ふむ、条件を付けるか。申せ」

「ありがとうございます。ひとつは、現世の社にお供えをする神饌ですが、食材はこちらの食料庫にあるものを使ってもよろしいでしょうか？　さすがに現世の京の食材を調達せよとおっしゃられても困るのですが」

「問題ない、ここのものを使えばよかろう」

「ありがとうございます。もうひとつなんですが、これは純粋にあたしのわがままなんですが、実際お供えをつくる前に現世の社までお伺いして、どのようなものが供えられているか見に行ってもよろしいでしょうか？　以上ふたつの条件を満たしてくださるのなら、お引き受けします」

そう言ってあたしはぺこりと頭を下げた。

ひとつは、京都の土地勘がないのに買い物して料理をするというのは、時間もかかるしハードルも高いからだ。この神域にも現世からお供えが集まっているはずだから、それを使わせてもらったほうが早い。

もうひとつは、この神域の神社がどういう神社なのか、一度現世で確認しないことにはどのようにお供えすればいいのかわからないということだ。

御先様が主神の豊岡神社は、今では近所の人が面倒を見てくれているとはいえど、宮司さんはいない。だからお供えをするのはたやすかった。

でも大きな神社に、勝手にお供えを置いて帰るなんてできないだろう。だからっていきなり宮司さんに「神様にお供えしてください」なんて言って差し出しても、怪しいにも程があるでしょ。だからその神社のルールみたいなものを確認しておきたかったのだ。

男神様はあたしのことを面白そうな顔で見ると、頷く。

「かまわぬ。それでは、引き受けてくれるな？」

あたしは御先様のほうをもう一度ちらっとだけ見た。表情が乏《とぼ》しいなりに、心底嫌そうな顔をしているのがわかる。本当はあたしがなんでもホイホイ引き受けるのをよしとしないんだろうなあ。

……まあ、今回も断ることもできそうにないし。あたしはそう腹をくくると、畳に手を突いた。

「わかりました。お引き受けします。どうぞよろしくお願いします」

ぺこりと頭を下げた途端、広間にわずかばかりのどよめきが生まれた。

こうしてあたしはこの場を逃げるようにしてあとにしたけれど。あたしはふらつきながら、どうにかこうにか廊下に出て、へたり込んだ……神様たちが集合したときのオーラは半端ない。御先様で慣れたと思っていても、大人数はやっぱり無理だ。

へたり込んでいる間も配膳係の人たちが廊下をとおり、広間まで食事を運んでいくのが見える。これはもう、あたしの出番はなさそうだけれど、せめて勝手場のほうにお供えの話を通しておいたほうがいいかな。そのあと、現世に出かける準備をしよう。

あたしはそう段取りを決めると、急いで勝手場へと向かった。

＊＊＊＊

あたしが雨乞いの儀式の際のお供え用の料理をつくらないといけないと言ったら、柊さんは軽く頷いた。

「はあ……そうさなあ。じゃあおめさんのかまどにおめさんところの火の神を入れときな。そうすりゃ、他のもんは邪魔はしねえべ。夕餉や朝餉の手伝いはできそうかい？」

「うーんと、あたしもまだなにをお供えすればいいのかわからないんです。一度現世に出て見てきたいんですけど、それからお手伝いができるかどうか答えても大丈夫ですか？」

「かまわねえべ。しっかし、心配だべなあ……おめさんは生きてる人間さ」

柊さんが腕を組んでしみじみと言う。

「はい？」

え、そりゃあたしは生きている人間ですけど、それがなにか？　意味がわからないと思っているのが顔に出ていたのか、柊さんはカラカラと笑う。

「いやなあ……おめさん。そこまで神にもてでたら、おらみたいにならないかと思って心配になってなあ」

「はあ、柊さんみたいに……ですか？」

そりゃ、柊さんみたいな腕前の料理人になれたら理想的だけれど、どうも柊さんが言いたいのはそういうことではなさそうだ。柊さんは腕を組んだまま頷く。

「んだんだ。おらは、ちぃーっとばかし生前に悪さをして、地獄に落ちてなあ。その服役免除のために料理をつくっていたら、気付いたら刑期は終わっていたのに、おらの料理を気に入った神に呼ばれて神域のあっちこっち巡りをすることになってなあ……もちろん、そりゃ面白いさ。死んでからも、あっちこっちの料理番と出会って、腕を上げられる機会があるとは思わなかったからなあ……ただ、りんは違うだろう？」

その話は、出雲でも少し聞いた。柊さん、既に地獄での刑期が終わっているにもかかわらず、神様たちの神域にスカウトされて料理をつくり続けている。神様たちからちっとも解放されないんだそうだ。

柊さんの料理の腕は超一流だ。この人がいったいいつ死んで、いつから神域をあっちこっち巡りして料理番をやっているのかは知らないけれど、神様たちを魅了する腕前だっていうのは、あたしも何度も食べたことがあるからわかる。

でもあたしには、柊さんほどの腕はない。発想が面白いから面白がられただけで、料理の経験と地力《じりき》のある柊さんにはまだまだ敵わない。だから神様たちはあたしを離さないなんて思わないと思うんだけど。

柊さんは「んー……」と間延びした声を上げる。

「おめさんはそんなつもりはないかもしれんが、こりゃちょっと危険だって思ってな。だっておめさん。神隠しされてここまで来たんだろう？」

「ええ？　そうですけど」

「聞いてる限り、おめさんが今いる神域の神がそこまで力を持っている訳ではなさそうさ。このままだったら、他の神域さ連れてかれて、あっちこっち巡らされることになるかもしれんさ。もしおめさんが死んでるんだったら、それも楽しい経験さって思うが、おめさんはまだ生きているんだから、神の勝手に付き合わせるのは、ちょっとばかし気の毒だと思うね。だって神域さ、たらい回しにされたら、現世に帰れねえだろ」

そう言われても。あたしは柊さんの言葉に、しきりに首を捻った。

御先様はあたしに対してそこまで興味を持っているわけない。あたしが勝手に御先様の元に残っているだけだ。女神様がたがあたしのなにをそんなに気に入ったのかは知らない。けど、どう考えても柊さんみたいに取り合いになるとは思えないんだけどなあ。

柊さんは緩やかに笑うと、言葉を締めくくった。

「おめさんは生きてるんだから、生きてるうちにもっと現世を見たほうがいいと思うがねえ。死んでから現世に行きたいって思っても、まず行けねえんだからなあ」

そう言って「ちょっと出汁の準備するから、なにかあったら言うさ」と、勝手場の薪の準備をはじめてしまったので、あたしはかまどの花火ところんに目を合わせる。

「なんというか。柊さんの買い被りだよねえ。あたし、そこまで大したものつくってないよ。単純に神様たちは、生きてる人間の料理番を珍しがってるだけだと思う」

「んー……」

あたしの反応に、花火が腕を組んだ。

「おれは、ひいらぎのことばもいちりあるとおもったけどなあ」

「えー……大袈裟過ぎるよ」

柊さんからしてみたら、生きてる人間の料理番のあたしを後輩として可愛がってくれてるだけだと思う。現にあたし、一度もあの人よりうまい料理なんかつくれてないもの。あたしの態度に花火はジト目で見上げてくる。

「りん。りん。かみはわがままなんだぞ。それでなんどもふりまわされているのは、どこのだれだい？」

「単純に、あたしが逆らえないからでしょ……」

「それは、りんのりょうりをうまいってたべてるやつにたいして、しつれいなんだぞ」

そうきっぱりと言われてしまったら、こちらもどうこう言い返すことはできない。あたし、本当に大した料理番じゃないんだけどなあ……。

あたしは自分の手をグーチョキパーさせてみる。

今回のお供えをたくさんつくったら、あたしの中の欲求不満も解消されるのかな？　前に海神様に指摘されたことを考えてみるけど、なんだか違うなあと頭のどこかで思ってしまう。

なにがそんなに物足りないんだろう。自分の気持ちを持て余しながら、とりあえず出ける準備をすることにした。

借りている部屋に行き割烹着を脱いで、Ｔシャツにジーンズ姿になる。外に出るために廊下を歩いていたら、酒蔵にいるはずの兄ちゃんが手を振ってこっちに歩いて来た。兄ちゃんも普段の作務衣姿ではなく、Ｔシャツにジーンズ姿だ。

「あれ、兄ちゃん私服？　どうしたの？」

「そりゃこっちのセリフだって。雨乞いの儀式？　そのためにお供えしないと駄目だから、俺のつくった酒を現世の社に奉納してこいって言われてさあ」

「兄ちゃんもかあ……」

そういえば、京都は日本有数の日本酒の名産地だっけなあ。

あたしはそう思いながら、御殿を出て行く。御殿の外、朱色の鳥居の手前に、狩衣の男性が立っていた。どうやらあたしたちが現世に行くのを知っている神様らしい。あたしたちに手形を渡すと、鳥居の向こうを指し示す。

「京は地の関係上、神域がすこぶる多く、尚且つ入り組んでいる。そのために案内役を呼んでいるので、その案内役についていくように。神域と現世の行き来はその者の指示に従うこと」

「わかりました」

狩衣の人は、言いたいことだけ言うと、さっさと立ち去ってしまった。

あたしは兄ちゃんに振り返って、ついつい首を捻ってしまう。

「あのさあ、京都って碁盤の目状に道を組んでるって聞いてるんだけど、そんなに道に迷うもんなの？」

「いや、京都と言ってもどこもそうじゃないだろ。それに地図があるんだったらともかく、地図もなしに土地勘ない場所に放り込まれたら、普通に迷わないか？　しかも現世に出て道に迷ったときに、神域はどこだって聞いて答えてくれる人間がいるのかよ」

それもそうか。あたしはようやく納得して、鳥居を越えていく。

朱い灯籠が並んでいるのを見ながら歩いていたら、霞の向こうからカーンカーンと音が響いてくることに気付いた。

「あれ、あの人かな。案内役っていうのは」

「でもさあ……あれ、神でも人でもなくねえか？」

兄ちゃんは目を半眼にして、霞のほうを見る。

石段を大きな音を立てて登ってきたその姿を見て、あたしは目が点になった。

青い浴衣に片足立ちで足には下駄。全身は赤い和傘……あたしには赤い傘が浴衣を着て下駄を履いているように見える。あれ。どういうこと。この子、どう見ても、人でも神様でもないってことは……妖怪？　傘小僧？　神域に妖怪って、いったいどういうこと？

あたしが困惑しながらその子を見ていたら、兄ちゃんはさっさとその子に声をかけた。

「んー、お前か？　案内役ってさ。俺たちはこれからお供えに行かないといけないから、下見に行こうとしてたんだけど。土地勘がないからって神様たちが案内役を寄こしてくれるって聞いたんだ」

兄ちゃんはあっさり言うと、傘小僧はこちらをまじまじと見た。

「ああ、そうだよ。かみさまたちがあまごいするっていってたからねえ。おれもあめがふらないとこまるしなあ」

「傘だからか？」

「いまは、ようがさばっかりになっちまったけど、まだおれたちのしそんはつくられてるからねえ。うれなくなったらいちだいじさ」

そっか。あたしはようやく合点がいった。

この子、和傘の付喪神か。今まで付喪神っていったら小さいのばっかりに出会ってきたけれど、物が古くなって百年ほど経ったら付喪神になるんだから、傘だったり簞笥《たんす》だったりも付喪神になることだってあるはずだ。

雨が降らなかったら傘屋も困るって世知辛いなあと思いながら、あたしは頷いた。

「そんなわけで、案内して欲しいんだけど、大丈夫かな？」

「いいよー。じゃあついてきな」

そう言って、石段を降りはじめたので、あたしたちも着いて行った。

「さっきの神様がね、京都の神域は入り組んでるって言ってたんだけど、どういうこと？」

「そりゃこのあたり、てらもじんじゃもおおいからなあ」

まあ、京都が日本有数の観光地になっている原因のひとつは、ここはお寺や神社が多く並んでいるからだ。寺社巡りを目的に観光する人も多い。でもお寺は神社とは違うと思ってたけど。

傘小僧はマイペースに続ける。

「てらにはいこくのかみさまがいるし、じんじゃにはじんじゃごとにかみさまがいる。かみさまがいるところには、しんいきができる」

傘小僧はカンカンと音を鳴らしながら、階段を降りていく。

「あんまりきょりがちかいと、それがげんいんでしんいきとしんいきがぶつかって、そこにまよいこむにんげんもふえる」

「お寺って神様というか仏様だって思ってたんだけど」

あたしがそう呟いたら、兄ちゃんが「そういえば」と言う。

「うちの親父が言ってたわ。明治時代の神仏分離のときに、寺なのか神社なのかをはっきりさせたって。でも今でも明らかに鐘があるのに神社だって言い張っている神社だってあるし、おみくじやお札売ってる寺だってあるしなあ。昔はもっと曖昧だったたっぽい」

日本は宗教観が緩いとは言われてたけど、思っている以上に緩かったんだなあ。

あたしたちはひとまず傘小僧に案内されて、神域を離れることにした。

霞がだんだんと消えていった先に聞こえてきたのは、川のせせらぎだった。

「あっつ……」

霞から出た途端にぶつかる熱気に、あたしは思わず顔をしかめる。石段の照り返しで熱がむわりと立ち昇ってくるような気がする。久しぶりの現世は、思っている以上に暑い。汗がどっと噴き出る。

朱色の鳥居に朱色の灯籠。本当なら新緑が映える季節だろうに、水不足のせいなのか、葉が黄ばんでしまっている。

石段をとおった先には、川が流れているのが見える。でも気のせいか、流れる水は少なく、ちょろちょろって感じにしか流れていない。梅雨の時期でこんなんなら、夏本番になったらまずいんじゃないかな。傘小僧が気のせいかしょんぼりとしながら言う。

「ほんとうなら、このあたりはみずがめだから、もっとわきみずがでるんだけど、ことしはなかなかでてこないんだ」

「そっか……本当だったらもっと水が流れてるんだ？」

「うん、そのみずでかわざかなをたべたらうまいし、かわどこがいっぱいあるんだ」

「かわどこ」

川床《かわどこ》料理というと、京都や大阪なんかの料亭が、夏のシーズンだけ川がよく見える位置に座敷を用意して、せせらぎを聞きながら旬の料理を食べられるようにするという、一種の風物詩だ。

そっか、ここが京都でも有数の水瓶だとしたら、川床料理の並ぶ店もあるんだなあ。見たいなあ、どんな料理が出されるのか。

あたしがそわそわしていたら、兄ちゃんがすかさずチョップをかましてきた。

「いだっ⁉　なにすんの」

「お前なあ……俺らはお供えを見に来たんだろうが。なにをつくんのかとか、なにを供えるとかの確認な。ここも結構でかい神社みたいだし、観光地だし。俺らが迂闊《うかつ》なことして観光地を貶《おとし》めるようなことしたらまずいだろ」

「わかってますよーっだ」

そうだ。神様と約束しているんだから、きっちりと仕事の内容を確認しないと。そもそもこれだけ暑いと、たとえせせらぎが聞こえようとも、外で食事を摂る気になんてなれない。

あたしたちはお供えをどこに供えるべきなのかの確認のために、境内へと出て行った。

目に入る朱色の灯籠は目に鮮やかで、全体的に綺麗だ。

修学旅行シーズンなら、どこもかしこも人だらけで道も混雑しているんだろうけど、今は梅雨の時期なのもあってか、そこまで人が多くない。

あたしたちが拝殿に回ろうとしたら、傘小僧は「ちがうちがう」と言いながら、トントントンと石段を跳ねる。

「こっちはひとさまのねがいをきくばしょ。かみさまとおはなしするばしょは、こっち」

そう言いながら、石段をトントンと跳ね上がっていった。

ひとさまって……人間ってことでいいのかな。

あたしたちが傘小僧に着いていくと、だんだん道なき道に進んでいった。

元々この神社は山の中にあるようで、境内から離れたらそこはたちまち山の中だ。最初に現れた木の表札には、【本宮】と書かれ、次に現れた朱い灯籠が立っているところは【結社】と来て、【奥宮】と続いていく。さっきまで黄ばんだ葉っぱばかりが目立っていた木々の葉の緑が濃くなってきて、空気が少しだけ切り替わったような気がする。

むせ返るほどの暑さで汗ばんでいたのに、少しだけ気温が下がったのだ。この感覚は。

あたしは思わず兄ちゃんと顔を見合わせた。

「なんかここ……神域に近くない？　ここって現世のはずだよね？」

「んー、よく知らねえけど、ここって雨乞いをしてる神社なんだろ？　だとしたら、水の神様の力が働いてるからじゃねえの？」

「なるほど……こんな猛暑で雨不足が続いていても、この辺りは水の神様の加護で無事なんだねえ」

感心していたら、傘小僧はその【奥宮】すらも通過してしまう。既に朱い灯籠もなくなってしまった道を、さらにトントンと進んでいく。森の緑はますます濃くなってきて、だんだん傾斜もきつくなってきた。

傘小僧は片足立ちなのに器用にトントンと跳んでいった。

「こっちこっち」

「ちょっと待って……！　あたしら！　そこまで早く歩けないから！」

「ひとさまはたいへんだねえ……ここだよ。ここのほこらー」

「ここ……？」

あたしたちはぜいぜい言いながらも傘小僧を追いかけて歩いて行ったら、小さな祠が見つかった。

こんな小さな祠、立派な境内からは想像できない。神社のほうをちらちらと見る。傘小僧はそれに目を細めて答えてくれる。

「かみさまにおそなえは、こっちだよ」

「うん……あれ？　お弁当なのかな」

あたしはそこに供えられている木の箱を見つける。でも中身を見ちゃってもいいのかな。誰かがお供えしたってことは、あとで持ち帰るんだと思うんだけど。

あたしは恐る恐る蓋を開けてみることにした。そして中に入っているものを見てびっくりした。

神社で神饌としてお供えするものは、基本的にご飯以外は火を通していない。果物なら生のままだし、野菜も生のまま。切ったりなんかもしない。魚もそのまんま丸々供えることだってある。

でもこの中に入っているものは違う。

魚は切り身にして塩焼きがされているし、ご飯にはしそとごまが振ってある。それにかぼちゃの煮物。この時季を考えてなのか、煮物には梅干が入っている。梅干で煮ると梅の実が崩れて絡まって他の食材の見た目が落ちるんだけれど、この煮物は色のくすみがない。卵焼きは綺麗に巻かれていて、焦げ目がない。焦げ目がないのにちゃんと火は通っている。梅雨の季節でも傷まないように気を遣っているお弁当だ。

あたしでもわかる。このお弁当を供えた人は料理人さんだ。

あたしは思わずお弁当箱を触る。お弁当の具は冷めてから入れるから、触っただけじゃいつつくったものかがわからないけれど。

「おい、りん。お前なに今にもよだれが出そうな顔でこの弁当見てんだよ」

兄ちゃんに突っ込まれて、ようやくあたしははっと顔を上げた。

「このお弁当！　すごいと思って！　傷みにくく、しかも見た目もおいしそうに仕上げるってすっごいプロの技だと思って！」

「えー？　お前もよくつくるだろ」

「あたしの場合は、傷みやすいものは早く食べるっていうの前提でつくってるから。御先様の神域では皆すぐに食べてくれるし、傷みやすいのを考慮してなんかつくらないから。これつくった人は、徹底して食べる人のことを考えているからすごいんだよ」

「はあ……だとしたらここに弁当を置いた人は、神社の人じゃねえってことか？」

兄ちゃんのぼやきに、あたしははっとする。そういえばそうだよね。神社の人は早朝からお勤めをするんだから、こんな手の込んだお弁当をつくるのは無理だ。

あたしはぱたんとお弁当箱の蓋を閉じて、荒らしてしまったお詫びとして手を合わせる。兄ちゃんが注がれているお酒を見ていたところで、あたしたちはまた傘小僧に案内されて神域に戻ることにした。

本宮まで戻ると、鳥居の前には人ひとり通り抜けられるような大きなわっかが飾られていることに気付き、あたしは「あれ？」と首を傾げた。茅《ちがや》でできているようだ。

「あれは？」

「ちのわくぐり。なごしのはらえのぎしきのひとつ」

「茅の輪くぐりって……火の輪くぐりみたいだなあ……」

「きょうだったら、どこでもやってる」

豊岡神社は宮司さんがいないから、こんな大きな輪っかをかけていたことはなかった。夏越の祓の儀式も行っているのを見たことはない。

あたしがまじまじと眺めていたら、傘小僧はカンカンと音を立てながら茅の輪に近付いていく。

「はらえたまえきよめたまえ」

そう言いながら茅の輪を跨《また》いで跳んでいった。そして茅の輪の周りをぐるんと回って正面に着いて、トントンと跨いでいく。

どうやら茅の輪くぐりというのは言葉を唱えながら行うものらしい。この神社だとこの言葉ってことでいいのかな。

同じようなことを二回、三回繰り返してから、ようやく傘小僧は戻ってきた。

「これ！」

「これって……。祓えたまえ清めたまえって言ってたけど、これがお祓いなの？」

「そう！」

傘小僧がやったそれは、昔ながらの方法なのかな。

あたしと兄ちゃんも、傘小僧がしていたのを見よう見真似でやってみた。面白いことしてるんだなあと思いながら神域に帰ろうとしたとき。

ガッシャンと瓶が割れる音が階段の下から響いたのに、思わず視線を下げた。

おじいさんが腰を抜かしてしまっている。あたしと兄ちゃんは顔を見合わせると、傘小僧に「ごめん！　ちょっとたんま！」と言ってそのまま階段を降りていった。傘小僧は少し驚いた顔をしたけれど、下まで着いてきてくれた。

白髪だけれど、どことなく若々しいおじいさんが大荷物を手に目を回していた。あたしは慌てて割れている瓶をどかし、割れなかった瓶を拾い集める。割れているのの一部は酢で、辺り一面酢の匂いが充満してしまっている。兄ちゃんはおじいさんに手を貸して起こしてあげていた。

「おい、じいさん。大丈夫か？」

「ああ……堪忍なあ……ちょっとばかし荷物が多くて」

「多いって……これどう見てもひとりで運べる量じゃねえだろ。どうしてこんな無茶したんだよ」

兄ちゃんは呆れた顔で、おじいさんが抱えていた荷物を見る。袋にはどれもこれも野菜やら魚やらがぎっしり詰まっているし、さっき割った瓶の入っていた袋には、調味料が入っていた。

「いやなあ……普段仕入れに行ってる坊が倒れて今日は休んでてなあ……熱中症だと。まだ真夏には早いのに。だから、こうして取りにきたけどまあ……年にゃ勝てんなあ……」

「じいさん店かなにかやってんのか？　仕入れのもんくらい届けてもらえよ」

「季節のもんは、直接見んとええもんが手に入らへんやろ？」

腰を抜かしてはいるけれど、おじいさんはずいぶんと偉そうだ。というより、偉いんだろうなあと思う。あたしは袋を何個かひょいひょいと持つと「これ、お店まで運びますよー！」と言うと、兄ちゃんに支えられておじいさんも立ち上がった。

「堪忍なあ……兄ちゃん。お嬢ちゃんも」

あたしたちは顔を見合わせて、おじいさんの店に出かけていった。

傘小僧は跳びながら「しんいきにかえらなくっていいのかい？」と聞くので、「さすがにここでおじいさんを放置しておくのは後味悪いから」と返す。

それにしても。おじいさんがなんの店やっているのかは知らないけど、どの野菜も魚も、たしかに綺麗なもんだ。でも調味料は店をやってるにしちゃ、量が少ない気がする。

うちの実家がやってる食堂の仕入れを小さい頃から見ていたから、どうしても売り上げを想像してそう思ってしまう。それとも、調味料の量を賄う技術があるんだろうか。

そう思いながら、おじいさんの店まで歩いて行ったとき。

「あこですわ」

そうおじいさんが指を差す。

「あ……」

店の敷地に川床が出ているのがわかる。テレビで見たことがあったけれど、こうして本物を見るのは初めてだ。

「ああ、お嬢ちゃんは川床は初めてか？」

「はい。夏の風物詩って言いますけど、あたしたちには縁遠いかなあと思ってました」

「さよか。助けてもろうたんやさかい、礼くらいしたいんやけど、あいにく今は料理人が皆熱中症で倒れて、店が回らへんでなあ……予約客は断れへんけど、一見《いちげん》さんは断ってるんや」

「え、それって足りるんですか？　じいさんひとりで？」

兄ちゃんが当然と言えば当然だけど失礼なことを言うので、あたしは思わず脛を蹴っ飛ばす。

店に入ると、カウンターに四席、奥には四人席がふたつ。川床も含めたらとてもじゃないけどひとりで切り盛りするには少し心元ない気がする。でもわざわざ言うことかね。

おじいさんは兄ちゃんの失礼な言葉にも「はっはっは」と笑い飛ばしながら、にやりと笑う。

「うちも予約客だけやったら、そこまで人数いらんのや。あー……まだ予約客が来るまで時間があるさかい、お礼に賄いくらいやったら出せるけど、時間はあるんやのん？」

そう言われて、あたしと兄ちゃんは顔を見合わせた。

神域では神様たちの食事時間に合わせてご飯を出していたから、基本的に二食だ。その分あたしたちはお腹が空くから、おやつを食べていたんだけれど。あたしはおずおずと口を開く。

「あの、おじいさん腰は大丈夫ですか？　料理、結構腰に負担かかりますけど」

「さっきは荷物多くてひっくり返っただけやから、大丈夫。しかしどうしはったんお嬢ちゃん。家の手伝いしてはるん？」

「一応実家は食堂ですけど……」

「ああ、料理人やのん。ほなちょっと手伝う？」

そう言うので、あたしは手を洗って調理場に入れてもらった。

カウンターで仕切っている対面式で、ガス台もシンクもお客さんから丸見えだ。だから か、どこもかしこもびっくりするくらいに綺麗に掃除されている。おじいさんは手際よく ネギと鶏肉を切りつつ、冷蔵庫に入れていた出汁を鍋に注いで温めはじめた。

あたしはそれを見ながら炊飯器のご飯を混ぜさせてもらったけれど。

「うわあ……」

業務用の炊飯器とはいえど、釜で炊いているのとなんら変わらないご飯にびっくりした。ご飯のひと粒ひと粒が立っているのは、丁寧な研ぎ方によるものだ。

おまけにおじいさんが取り出した出汁。ボトルに入っていた水出汁はきのこと煮干しと昆布を水にひと晩漬け込んだものだろう。すっかりと色は麦茶と変わらなくなっている。この水出汁に鰹節をこれでもかと入れてひと煮立ちさせてから丁寧に漉す。出汁ひとつにも手間と時間を惜しみなく使っている。

温めた出汁を醤油、みりん、お酒で調味してから、そこにネギと鶏肉を入れて煮立たせる。

兄ちゃんはのんびりと店内を見回ってから、ようやくカウンターに腰かけた。

「お嬢ちゃん、そこの卵を」

「はいっ！」

あたしは我に返って卵をボウルに割り入れて解《ほぐ》して渡す。すると、おじいさんは溶き卵を鍋に入れ、すぐに火を消した。

余熱で卵を固まらせる。お椀にご飯を入れて、そのとろとろの卵をかけてくれた。

親子丼。つくり方こそシンプルなものの、いざおいしくつくろうとすると、手間もかかるし、卵もたくさん使うのだ。ふんわりと卵と出汁の匂いが漂う。

あたしと兄ちゃんはカウンターの席を借りて、それをいただくことにした。ひと口入れる。鶏肉とネギ、卵を出汁がしっかりひとつにまとめてくれて、くどくないし、いくらでも食べられる。

「うま……これ、本当に賄いで出していいもんですか!?」

兄ちゃんがそう悲鳴を上げる。

「当たり前やろ。こんな簡単なもん、お客さんに出せへん」

「これが簡単って……これ出されたら、誰だって落ちますよ。なあ……」

「……うん。ほんっとうに、おいしいです」

鶏肉を食べたのが久しぶりっていうのもあるけれど。火の通り方の絶妙さは、経験の成せる技だ。鶏肉は火をしっかり通さないといけないけれど、火を通し過ぎたらボソボソの食感になってしまう。卵を半熟のトロトロにするには余熱で火を通すっていうけれど、火が通ってなさすぎると、肉と卵と出汁がうまく絡まない。でも火にかけ続けたら、やっぱりボソボソになってしまって見た目も食感も悪くなってしまう。

あたしはひと口食べるごとにしっかりと肉と卵と出汁が三位一体になっているのを感

じ、どうしても食べるのが遅くなってしまっていた。

そういえば。さっき見たお弁当に入っていた卵焼きも。火のとおりが完璧なのに、卵の焦げ目がひとつもなかった。

「あの……さっき神社の向こう側にあった祠に、お弁当があったんですけど。あれをつくったのはおじいさんですか？」

あたしが親子丼を食べながら尋ねると、おじいさんは照れたようにえくぼをつくって笑った。

「あー。今年はずっと雨が降らんやろう？　そのせいで、うちの仕入れ先にもええ野菜がなかなか入らんし、うちの連中も熱中症で倒れるしねえ。そやさかい、うちで祀ってる神様の祠にお供えしてるんよ。頼んますから、雨を降らせてください。このままやったら商売上がったりですて。川床かて、水の流れない川やと意味ないやろう？」

そう言って手を合わせるのに、あたしはじーんとした。

傘小僧はきょとんとした顔でトーントーンと跳ねているけれど、おじいさんは神域の関係者じゃないせいか、傘小僧が辺りを跳んでいてもちっとも気付かない。

「あの……あたしもあそこにお供えしようと思ってお弁当の中身を見たんですけれど、感動しました。あのお弁当、気遣いの塊みたいでしたから」

「気遣いって……神様にお願いするんやから、美味いもん出すのは当たり前ちがいますのん？」

おじいさんの言葉に、感動した。

「あのお弁当、本当に食べてみたいなって、思いました……！」

「お嬢ちゃん、あれを一発でどんなつくり方してるんかわかったんやったら、自分でつくれるんちがいますのん？」

おじいさんにそう言われて、あたしははっとする。

……今度からつくるお供え、このおじいさんのお弁当を参考にすればいいということに気付いたからだ。あれだけの気遣いの塊で色鮮やかなもの、あたしの腕で再現するのは難しいかもしれないけれど、お手本にはなる。

「あの……お弁当をつくったら、食べてもらってもいいですか？　あたし、自信がなくって」

「そりゃかまへんけど。でもお嬢ちゃんも仕事あるんでっしゃろう？　そっち優先しい」

「わかってます！　……あの、また来ますね」

それだけ言って、あたしは後ろ髪を引かれる思いで兄ちゃんと一緒に、おじいさんの店を後にした。

帰る途中、あたしたちの会話を黙って聞いていた兄ちゃんは、のんびりと言った。

「お前もおかしなこと言い出したなあ。あのじいさんにお供えの味見をして欲しいなんて」

「あたしもおかしなこと言ってた自覚はあるよ。でもあのおじいさんの調理人としての気遣いを見て、感動しちゃったんだもの」

「感動？」

「うん……おじいさん。兄ちゃんがカウンターの席に座ったタイミングに合わせて、卵で親子丼の具を閉じたんだよ。兄ちゃんが待ちくたびれないように、尚且つお腹が空き過ぎないタイミングで」

「えー……それって考え過ぎじゃねえの？」

「そんなことないよ」

具材を切るのは、カウンター越しに見えるし、音もする。出汁を火にかければ、その香りで期待も高まる。

でもそこから先、長々しく煮込み出すと、どんなにいい香りがしてもいったいいつまで待たせるんだとイライラするんだ。

おじいさんが料理を出すタイミングは完璧で、期待を高めるだけ高めたタイミングで出している。カウンター越しの店は増えているけれど、そこまでタイミングを見計らって出せるのも、経験の成せる技だ。

京都だったら、どうしても観光客が増えてしまって、料理店も激戦区になってしまう。夏はお祭りも多いし、外国からバカンスのお客さんが増えるタイミングなのに、人手が足りないっていうのは心配だな……。

「手伝いに行けないかなあ……お供え味見してもらうタイミングで、せめて人数足りるようになるまではお手伝いできたらいいのに」

あたしは思ったことを口にしてみる。片や観光地の料理屋さんの店主で、片や寂れた商店街の食堂の娘だけど、人手不足でいっぱいいっぱいになるのはなんとなくわかる。

それを聞いていた兄ちゃんは、頬をピクリと引きつらせた。

「おいおい。お前、いったいなにのどんなスイッチが入ったんだよ。俺らの仕事わかってるか？　夏越の祓が無事に終了できるまで、お供えをすることだろ。現世で油売ってたら、さすがに神様たちだって怒るって」

「仕事のついでなんだけどな……」

「つうかりん。お前ストレスが溜まって、変な方向にエネルギーがほとばしってるだろ？」

そう指摘されて、あたしはきょとんとする。変なエネルギーってなによ。

「なんで？」

「お前、ひっさしぶりに人間の腕のいい料理人に出会ってはしゃぎ過ぎてるだろ。俺だってわかるよ、この間他の杜氏とさんざん一緒に仕事をして、スランプ脱却してきたところだからな。だけど、俺らは約束を破ったら死ぬんだ。だからお供えをおろそかにしたらマジでやばいんだからな。そのことだけは絶対に忘れるなよ」

兄ちゃんに一気にまくし立てられて、あたしは頷く。

そんなこと、もうさすがにわかっている。神域に足を踏み入れてからこっち、ずっと聞いてきた話なんだから、ただの脅しじゃないってことくらいわかっている。ただ。あたしもずっと欲求不満を抱えている。それがいったいいつどんな形で爆発するのかはわからない。

「あたしもさあ。ずっと溜まり溜まっているものがいつどんな形で解消できるのかはわからないけど、それを少しでも解消できるきっかけが欲しいんだ」

京都の神域にいる間は、柊さんや他の料理番の人たちと話ができるからまだいい。でもそれ以降は？　あたしは欲求不満を抱えたままで料理をつくり続けることなんて、できるんだろうか。

「おじいさんはあたしの事情を知らないのに、あたしのことをただの料理が趣味の女子として扱わなかった、いっぱしの料理人として扱ってくれた。そのことが嬉しかったんだよね。だからちょっと手伝ってみたい」

「お前なあ……あー、知ってた。お前はちっとも俺の話を聞かないって知ってた。せめて御先様にはひと言言っとけよ？　あの人が駄目って言ったら、もう駄目だかんな」

兄ちゃんにそう指摘されて、あたしは頷いた。

「わかってるよ」

傘小僧はトントンと跳びながら、不思議そうにこちらを見つめている。

「にんげんのりょうりばんは、よっきゅうふまんになるとりょうりをするのかい？」

この子の疑問に答える前に、兄ちゃんが口を挟んでくる。

「多分それはりんくらいだよ」

「兄ちゃんっ……!?」

「ふうん……」

傘小僧はトントン跳びながら、あたしたちの前を歩いてくれる。

「りょうりばんってへんないきものだなあ……にんげんのりょうりばんも、しびとのりょうりばんも、へんなのばっかりだ」

そう言いながらトントンと跳ぶ傘小僧に着いていったら、神域へと戻っていた次第だ。

間章

夜になれば蛍が浮かぶ。

ひとつふたつと飛び交えば、それは人魂のようにも見えてくるのであるから不可思議なものだ。

雨乞いの儀式を行うというのに、相変わらず京は間延びしており、やれしきたりだ、やれ格式だと凝り固まり、儀式も遅々として進まぬ。

氷室のは相変わらずぐったりとしているばかり。女房たちに面倒を見てもらってはいるものの、あれには今年の夏の暑さはずいぶんと堪えるようで、なかなか起き上がれぬ様子だ。

あまりのろのろと進めてよいものではないとは思うが、ままならぬ。

中庭に蛍が飛び交うのを眺めていたら、ぱたぱたと足音が響いてきた。

この神域において、こんな足音を立てて歩いてくるのはひとりしかおらぬ。

「御先様、いた！　こんばんは！　夕餉は召し上がりましたか!?」

いつもの調子でこう問うてくる。この子は神からまたも厄介ごとを押し付けられたというのに元気なものだ。

「食した」

「それはよかったです！　あたし、今晩は蒸し物の手伝いをしたんですが、どうでしたか？」

たしかに茶碗蒸しがあったように思う。仕上げは他の料理番がしたのであろうが、この子もなにかしらの手伝いをしていたのであろう。

「悪くはなかった」

「ああ……またですかあ。ここの料理番さんたち、本当にすごい人たちばかりなんですから、そんな寂しいこと言わないでくださいよ……って、そうではなくって。今日はお願いがあって御先様を探していました！」

この子の申し出はいつも唐突だ。

思えば。烏丸がこの子をさらってきたときから、大概この子の言動は唐突だった。この子がじっとこちらを見上げてくるので、視線を返す。

「申してみよ」

「ありがとうございます！　あの……今日はお供え物をつくるために、どんなところでどんなものをお供えしているのかと思って、現世まで見に行ったんです」

「広間でも申していたな」

「はい！　あの、そこですっごい料理人さんに出会ったんですよ。現世の、京都の料理屋さんの方です。現世でも熱中症……ええっと、今の氷室姐さんの症状みたいな人が多いみたいで、稼ぎ時なのに人手が足りないみたいなんですよ。だから……」

「……止めておけ」

　この子の言葉を遮る。またか、という思いが湧き上がる。神が厄介ごとを押し付けたのなら、仕方がなかろう。しかし何故この子は自分から厄介ごとを拾ってくるのか。

「そちは自分の限界というものを知ったほうがよかろう。朝餉に夕餉、それらはまだ、他の料理番もおるからどうにかなろう。神饌の場合は神の命令だ。そちが断ることはままならぬものであろう。だが、これ以上のこととなれば話は別だ。厄介ごとばかり抱えては、いずれ破綻する」

　この子はどうにも、一度拾ったものを後生大事にする性分があるように思える。抱えきれぬほど抱えては、いずれどこかで取りこぼすというのに。

　しかしこの子ときたら、一瞬唇を噛んだものの、再び口を開く。この子は頑固なものだ。なかなか引くことを覚えぬ。

「あの、あたし。このところ調子がおかしくって……」

　この子の突然の物言いに、我は唇を抑える。料理番に迷いが生じれば、すぐに味に出るが、それが出ていた覚えはなかった。我が思案している最中でも、この子の言葉は続く。

「不調なのを人に相談しましたけど、欲求不満なんじゃないかって言われたんです。別に自分を抑え込んでいた覚えはないんですけど、そう考えたら料理をつくっているときに、なにか物足りないって感じるのは説明できる気がするんです。そんな中で、神様が神饌をつくるって役割をあたしにくださって、本当に嬉しかったんです。それに」

この子は別に口数が少ないという訳ではないが、今日はいつになく饒舌に思えた。

思えば。この子が饒舌になるのは、いつも料理のことを語るときであったか。

「現世の神社でお供えされていたお弁当をつくっている人と出会えました。その人に賄いをいただきましたけど、すっごくおいしくて……この人の手伝いができたら、あたしの中の欲求不満ともう少し向き合える気がするんです。解消できるかはわかりませんけど。あの……やはり許可はいただけないでしょうか？」

この子は。気付けば我の口元は緩んでいた。どこにそこまで喜ばしく思ったのか、自分でもわかりかねたが。

「好きにせよ」

「はい？」

「二度も言わせるな。好きにせよと申したのだ。ただし他のこともある。他のことをないがしろにするようであれば、わかっているな？　約束というものがどういうものか、そちも知っておろう」

「あ……」

途端にこの子は破顔した。

「ありがとうございます！　お供えも手伝いも頑張ります！　朝餉も、夕餉も、手を抜く気はありません！　本当に、ありがとうございます！」

この子はこちらに何度も頭を下げてから、浮かれた様子で去っていった。

それを見ていると、自然と笑いが込み上げてきていた。いったいなにがそこまでおかしかったのかは、やはりわからぬままだったが。

最初に烏丸に連れられてきていたときから今日まで、あの子はずいぶんと必死で手を動かしていたように思う。あの子も道を見つけたということであろうか。

神域は生きる者が住まう場所ではない。

死人ならいざ知らず、生きる者は変わる生き物だ。

第四章

あたしは食糧庫にやってきて、ころんと一緒に食材を探していた。

「京野菜はいいって聞くけど、本当だねえ……ほんっとうに質がいい」

「いいの？」

「うん。聞くのと実際に見るのじゃ全然違うねえ」

あたしはころんとそう言い合いながら、食糧庫に積まれている野菜を見ていた。

御先様の神域の畑の野菜も、もちろん悪くはないんだけれど。

京都は盆地で、夏はむせ返るくらいに暑く、冬は底冷えするほどに寒い。その気候のせいか葉野菜の葉は水分をたっぷりと含んでみずみずしく、根野菜はずっしりと重くて中に糖分をたっぷりと蓄えている。

しかし傷まなくっておいしい京弁当が神饌だということがわかったけど、なかなか考えなくっちゃいけないことが多いなあと思いながら、あたしはあれこれと見て回る。

御先様の神域では、滅多に手に入らない卵もこの神域では手に入るし、調味料も充実している。京都の薄味に欠かせない薄口醬油や白味噌が使えるのもありがたい。

ひとまずメインの魚はあじを選び、万願寺唐辛子、なす、かぼちゃを取る。ころんに「卵を持ってきてね」と言ったら、藁《わら》に入った卵を取ってきてくれたから、それも一緒に持っていくことにした。

さて、頑張るか。

ころんに材料を運ぶのを手伝ってもらいながら、勝手場に入っていった。

朝餉の準備が終わっていたようで、皆は賄いを食べていたり、包丁を研いでいたりする。あたしはちょうど賄いを食べている柊さんに尋ねた。

「あの、ご飯をもらってもいいですか？　お供えをつくりたいんです」

「ん、神饌かい？　いいだよ。しっかしひとつつくるのにずいぶんと持ってきたなあ」

あたしが持ってきた野菜を見ながら感心する柊さんを見て、あたしは笑った。

「食べて欲しい人がいるんで、その人のぶんも持っていくんです」

そう言いながら、あたしはかまどにいる花火に声をかける。

「それじゃ、火をちょうだいね」

「いいけど、なにをつくるんだい？」

「京都の野菜を使ってみたいなあと思ったの。形も面白いのがあるし、味も締まってる感じがするよね」

あたしはそう言いながら、野菜の下ごしらえをはじめた。

万願寺唐辛子はへたを落とす。かぼちゃは皮を剥いて乱切りにする。茄子も乱切り。

白味噌に醬油、みりんを足して混ぜて、味噌床をつくっておく。あじを三枚におろしてからその味噌床の中に漬け込んでおく。本当なら一日や二日漬け込んでおいたほうがおいしいんだけれど、三十分ほどでも味はちゃんとつく。

漬けている間に別の料理を進める。赤味噌をお酒、みりんと混ぜて、茄子に絡めて焼く。

次に梅干しの種を取り、梅肉を叩いて潰し、それをみりんと鰹節と混ぜてたれをつくる。万願寺唐辛子とかぼちゃを素揚げにし、その梅だれを絡ませる。

夏場のお弁当づくりのなにが難しいかというと、いかに水分を少なくするかということ。水分があるとどうしても傷みやすくなってしまう。水分が多いと腐りやすくなってしまうけれど、水分が全くなくってもパサついてしまう。そのバランスが難しいんだ。

そしてもう一品。あたしは卵を溶いて、それにみりんと醤油を加える。本当なら出汁も入れたいところだけれど、傷みやすいから入れない。卵焼き器に油を敷いたら、卵液を流して巻いていく。

「やっぱり焦げやすいなあ……」

「こげるのかい？」

花火が火花をパチンパチンと散らしながら聞くので、あたしは答える。

「みりんとか砂糖とか……糖分が入るとどうしても焦げやすくなるんだよ」

卵を巻きながら、昨日見て感動した卵焼きを頭に浮かべる。みりんを入れると、なかなか真っ黄色の焼き色さえない卵焼きにはならないのに、おじいさんの焼いた卵焼きはふっくらしつつもしっかりと火がとおっていた。焦げ目ひとつなかった。

最後に、漬け込んだあじを焦げ付かないように気を付けながら焼いて、それぞれを器に入れて冷ましてから、お弁当箱に詰めはじめた。

　お弁当箱は、神様たちから渡された伊勢でも見たことのある桐箱だった。正方形のそれに、お供えのものを入れていけばいいのかな。思っている以上に物々しい弁当箱を見ながら、冷めたものから桐箱に詰め込んでいった。

　詰めたご飯の真ん中には梅干しを埋め込んで、黒ゴマを振っておく。あじの味噌焼きを入れ、田楽茄子を入れ、夏野菜の揚げ物を詰めてから、卵焼きを詰めていく。空いた場所には、たくあんや柴漬けなどのお新香を入れておく。

「できた」

　出来上がったお弁当を、近くで包丁を研いでいた柊さんはまじまじと見た。あたしが切り分けて残っていた卵焼きをひとつ取ると、それを口に入れて咀嚼する。

「ふーむ。美味いなあ。しかし、出汁巻き卵じゃなかったんだなあ」

「京都なら出汁巻き卵でしょうけど、傷みやすいんでオーソドックスな卵焼きにしました」

「なるほどなあ」

　柊さんは頷きながら、指を舐める。

「しっかしまあ……前におめさんに出した課題をどうにかしとるねえ。作業が前よりも早くなったけれど、ひとつひとつが丁寧になっとる」

　そうしみじみと言ったのに、あたしは思わず目を見開く。

　前にあたしは「早いけれど雑」と柊さんに指摘されたことがある。その言葉にはぐぅの音も出なかった。柊さんは、どんなに忙しくても決して雑なことはしない凄腕の料理番だ。そんな人に褒められたら、照れたり喜んだりするよりも前に、驚いてしまう。

「あたしも成長してないと駄目なんで……」

そう言うあたしを見ながら柊さんは、複雑そうな顔を向けてきた。

「どうしました?」

「いやなあ……りん。おめさんなんか焦っとる気がしてね。なんだろねえ」

欲求不満の次は、焦ってるか。自分でも持て余している感情をあちこちで指摘されると、こちらとしてもどうすりゃいいのか。

「あたし、焦ってるように見えますか? 周りからはやれスランプじゃないか、欲求不満じゃないか、と言われて、次が、焦ってるなんで」

「ふうむ。やっぱりかあ。なんというかねえ……成長痛? そんなんだと思うよ」

「成長痛ですか?」

そうは言われても、生まれてこのかた成長痛というものになったことがないので、いまいちピンと来ない。

あたしが本気でわかってなさそうな顔をしている中、柊さんがしみじみと言う。

「成長していくと、途中で壁にぶち当たるさ。それが焦りとか、物足りなさとかに思えるようになるんさ。そういうのが、すらんぷとか、欲求不満とかに見えるんだろうねえ」

柊さんの言葉に、あたしは今までの出来事を思い返す。ある日突然、つくっている料理に物足りなさを感じた。最初はそれがなんだかわからなかったけれど、スランプとか欲求不満とかいう言葉で納めていいのかな。

だって別に料理ができなくなってないから。御先様だってあたしの料理に不満はないみたいだから。

「おめさんが焦ってるというように見えるのは、思い描いている絵は見えるのに、そこに自分が近付いているのかがわからんからだろねえ。辿り着いた先は蜃気楼だってこともある」

「思い描いている絵……ですか」

柊さんのふわっふわした言葉に、あたしは目を白黒とさせる。

そこまで考えたことは、全然なかったんだけどなあ……。あたしがそう思っている間に、手拭いで手を拭いた柊さんが背中をドンと押してくる。

「ほら、夕餉の仕込みまで時間があるが、早く行った行った。現世で行きたい場所もあるんだろう？」

あたしは花火ところんに、桐箱に詰め切れなかった揚げ物をあげてから、桐箱を風呂敷にくるんで現世へと向かうことにした。

御殿を出てみたら、兄ちゃんがお酒の入った樽を持って、待っていた。兄ちゃんはあたしの持ってきた風呂敷包みを、きょとんとした顔をして見ていた。

「え、供えるのって弁当なんだろう？　やたらめったら仰々しくねえか？」

「そう？　神様たちにこの中に入れろって言われたんだよ。中身は普通なんだけど」

そう言ってあたしは風呂敷包みを少しだけ持ち上げると、兄ちゃんは気の抜けた声で「ふーん」とだけ言った。

待ち合わせしていた傘小僧と一緒に出かける。傘小僧には案内の対価として、つくった卵焼きをあげたら、ずいぶんと喜んで平らげてくれた。

朱色の灯籠を越え、山道に差し掛かると、またも先にお弁当が供えられている。あたしは中身を見て「おお……」と声を上げた。

ご飯は酢飯に刻み生姜を混ぜ込んであり、上にはしそをかけている。少し分厚めの生姜焼きには照りが付いているし、パプリカとピーマンをきんぴらにし、彩りを与えている。相変わらず綺麗な卵焼きが添えてあり、本当においしそうだなと感心する。

兄ちゃんのお酒を樽ごと置き、隣に風呂敷を解いて桐箱の中を見えるようにして供えると手を合わせる。そのあと、お供えしたものを風呂敷に包み直すとあの店に出かけていった。

戸を開けると、おじいさんはちょうど厨房の掃除をしているところだった。

「申し訳あらしまへん、まだ営業時間では……おや、昨日のお嬢ちゃん」

「こんにちは！　ええっと、お弁当を届けに来ました」

「ああ、ほんまに来はったん」

おじいさんは苦笑しながら、あたしのお弁当を受け取ってくれた。元々神饌用の箱だから、それを取り出した途端に変な顔になった。

「ずいぶんと仰々しい弁当箱やあらしまへんか……？　開けてもよろしいか？」

「どうぞ！」

蓋を開けてあたしのお弁当を見た途端に、おじいさんは喉を鳴らした。兄ちゃんはそれをまじまじと眺め、傘小僧は見えないのをいいことに好き勝手に跳び回っている。

「はあ……お嬢ちゃん、どこの店で修業してはりましたん？」

「ええっと……専門学校を出てからは、特に修業をしてない、です」

まさか神様の料理番をしているとは言えない。おじいさんは、さっきまではお客さんを迎える穏やかな雰囲気だったのが一転、注意深くあたしのつくったものを食べはじめた。

この空気、何度か覚えがある。

あたしは思わず背筋を伸ばす。

神様たちに夕餉を出したり、御前試合で一品料理を出したりしたときに感じた空気と同じだ……これは、人がおいしいおいしいと言いながら食べるものではなく、審査の食べ方だ。

兄ちゃんはあたしが背筋を正している中、のんびりと店のカウンターの向こうに見える日本酒の銘柄を眺めているし、傘小僧といえば。何故ここにいるのか訳がわからない顔で店の中を跳び回っている。そんな中、おじいさんはひとつひとつの具を確かめるように咀嚼している。

「……うむ、美味い。しっかし驚きましたなあ。専門学校出たばかりとは思えまへん」

そう言われて、あたしはあれ。と思っておじいさんを見た。

まさか褒められるとは思ってなかった。「これがなってない!!」って怒られるのを想像していたから、拍子抜けしておじいさんを見る。おじいさんは満足げな顔をして笑っている。

「美味かったです。そういうたら、うちの連中以外の料理は、ほんま久々に食べたよ」

「あっ……ありがとうございます……!!」

あたしがペコリと頭を下げると、おじいさんは笑った。

「しっかし惜しいなあ……本当に修業してへんのかいな？」

「修業というか……ちょっと人ん家でご飯をつくり続けてるんです。そこには調味料とかつくる道具とか足りないから、足りないものを気合いでカバーするしかなかったんで」

「そかそか。料理手順がしっかりしているなと思いましたんや。おまけに今やと少し古い手法も使《つこう》たはるしなあ」

そうしみじみ言われる。

言っている傍から、店の戸の入り口から声が聞こえた。

「すみませーん、十一時から予約の鈴村ですけどー。まだ早いですかー？」

甲高い声は、どうも予約のお客さんらしい。それにおじいさんは「少々お待っとぉくれやす！」と返事をした。

この間は予約のお客さんが夜だけだったのか、今日は配膳係の人たちがいて「どうしはりますか？」と聞きに来た。おじいさんはあたしをちらっと見ると「お嬢ちゃん、手伝いはできるん？」と聞かれた。

そういえば、昨日も言ってたか。おじいさんの店は今、予約客以外のお客さんは断らないと回らないくらいに、熱中症で人が倒れていないって。予約のお客さんがどれだけ入っているのかはわからないけど、ひとりで調理場回すのはいくらなんでも大変じゃないか。

あたしは思わず頷く。そしてちらりと兄ちゃんを見ると兄ちゃんは遠い目をした。

「ええっと、俺は皿洗いします……」

兄ちゃんがおじいさんに一礼してさっさと洗い場のほうに行ったのを見ながら、あたしは白衣を借りて調理器具や調味料など、あちこちの配置を確認した。外のお客さんに配膳係の人が「お待たせしました」と声をかけ戸が開くのが視界に入る。

厨房に貼られている予約表は、昼間に三件。

献立は、季節の手鞠寿司御膳に、限定フルコースと。なるほど。

急いでカウンターに入ると、最初の予約客の女性客たちへの料理を出しはじめた。カウンター越しに、最初のお客さんたちが目に入ったところで、あたしは座っている女性を見て、「あれ？」と声を出してしまった。ついこの前、神域に迷い込んできた外国人の女性だったのだ。女性はきょとんとした顔で「どうしました？」と言うので、あたしは「すみません、人違いでした！」と答えて、作業に戻る。

柊さんが言ったとおり、神域に迷い込んだことなんて、ちっとも覚えていないようだった。

最初に出す小鉢は、茄子の翡翠煮だ。既に出汁と塩で煮て冷やしてあったものを器に盛って、煮海老をあしらって金粉を振って出す。

「小鉢できました」

「それをお客様に出したら、次の品を出しとくれやす」

「はい」

あたしは柚子を花型になるよう飾り切りをして、それをごま豆腐に添えた。横目でおじいさんがメインをつくっているのを見る。メインをつくるおじいさんの動きには、もちろん淀みはない。

昨日準備していたらしい鰹の昆布締めをさっと切り分けると、酢飯を丸く握って昆布締めを載せていく。漬け込んでいたカンパチ、鮪、鯛……。それらも薄く切り分けて同じように結んでいくそれは、手鞠寿司だ。

カンパチも鯛も白身魚だから、漬け汁の色が移るはずなのに。どれも白身本来の艶を際立たせるだけだ。漬け汁は多分昆布出汁に薄口醬油だ。薄口醬油は色が薄いけれど塩分が濃口醬油よりもきついから、本当にちょっとだけでも充分味がつく。

あたしは「あしらいはこれで大丈夫ですか？」と見せるとおじいさんは頷いて「添えておくれやす」と言った。あたしは正方形で仕切りの付いた皿に手鞠寿司を載せていき、雪の下や花紫蘇を添える。

手鞠寿司、お新香、ごま豆腐、わかめの吸い物。

それらが配膳係の人たちにより運ばれていく中、さっきの女性客たちの歓声が聞こえる。

「本当に綺麗！　ここに来てよかったぁ……」

「でしょう？　前にもここに来たけれど、本当にここの手鞠寿司がおいしくって！　夜からだったら川床料理もいただきたかったんだけど」

どうもこのお客さんのひとりはリピーターらしい。

たしかに、いくら川床が用意されていて日除けに屋根が設置されているとはいっても、暑い日差しが注いでいる真っ昼間から外で食べるのは勇気がいる。だから川床料理をいただくのは、気温が少しでも落ちる夜からのほうが多いらしい。

カウンター越しにちらっとお客さんたちの様子を見ると、女性客たちが顔を綻ばせて食べているのが見える。

思えば。兄ちゃん以外の人間に手伝いとはいえど、つくったものを食べてもらったのは久しぶりだ。神様たちはあそこまで顔を綻ばせて食べてはいないもんなあ。それにカウンター越しでも作業しながらお客さんの反応が見られる機会っていうのは、意外と少ない。

「おいしい……！」

「本当にこれおいしくって」

さっきから本当に浴びるくらいに「おいしい」が連呼されていて、おじいさんの腕がすごいんだなあと思えてくる。

それと同時に、胸がチクチクとしてくる。……悔しいって気持ちがふっと頭を掠《かす》めて、同時に「なんで？」と思う。

おじいさんはどう見たってあたしより経験豊富だし、料理の腕が上なのは当たり前だ。経験の差だけは越えられないいんだから。

あたしの気持ちはさておいて。

おじいさんの技術を盗み見ながらあたしは予約のお客さんたちに料理を出していった。お客さんは三組だったけれど、それぞれの人数が結構多かったので、終わった頃にはくたくたになっていた。カウンターでお客さんの反応を見ながらだったから、余計に気を遣ったのかもしれない。疲れ方が単純な肉体労働だけじゃないなあと、あたしは肩をくるくると回す。

あたしのわがままで、ずっと洗い物をしてくれていた兄ちゃんにも感謝だ。

ふたりしてへばりかけている中、おじいさんは余った刺身と酢飯を使って海鮮丼をつくってくれた。

「ああ、お疲れさん。賄い食べとぉくれやす。お嬢ちゃん、兄ちゃんもほんまにおおきに」

「いえ……こちらこそ、本当にいい経験になりました。ありがとうございます。あと兄ちゃんも本当にありがとう」

「いやあ……はあー、店って大変だなあ……」

配膳さんたちが席で食べている中、あたしたちはカウンターでいただかせてもらう。

あたしはひと口食べて「あれ？」と思わず口に出していた。

「ん、どうした？」

兄ちゃんは海鮮丼をガツガツ食べているのを止めて、あたしをちらりと見る。あたしはお箸で載せている刺身を取って、首を捻った。

「あのう。この海鮮丼。なんか違います？」

載っていたのは鰹の昆布締めだ。しっかりと甘酢と昆布で締められているから、この季節のあっさりとした鰹が上品に仕上がっている。酢飯と一緒に食べると、異様においしい。これって、この昆布締めが本当にすごくおいしいから……？

もうひと口食べてみる。やっぱり鰹と酢飯を一緒に噛むと、味が深まる気がする。鰹のほうは何度噛んでみてもしっかり締めてあるということ以外わからない……。じゃあ変わってるのは酢飯のほう？　傘小僧がじーっと見ているのに気付き、あたしは周りを見回してから手招きし、昆布締めを一枚あげる。傘小僧はそれに目をキョロッとさせて喜んだら、また誰に見られることもなく、店内をカンカンと跳び続けていた。

あたしは海鮮丼を食べるのに戻り、何度も眉を寄せていると、おじいさんはにやりと笑った。

「舌がよろしおすなあ。なにしてるか当ててみい？」

「え、隠し味っすか？」

兄ちゃんが口を挟むのを横目に、今度は鰹の昆布締めだけを慎重に食べてみる。昆布と甘酢で締めたものだけれど、使われている甘酢はあたしがつくるようなものと味は変わらないし、昆布がすごくいいものだからという理由ではない気がする。

でも酢飯も、お酢に昆布出汁、砂糖、塩でそこまで味が変わるようには……。そう思いながら、今度は酢飯だけを口にして、気が付いた。

「あのう……これって普通のお酢ではなくないですか？」

「え？　普通の寿司酢じゃなくって？」

兄ちゃんもひと口だけ酢飯を食べるけれど、わからないというように眉を寄せる。

あたしも鰹と一緒に食べているときは全然気付かなかったけど。でも酢飯だけ食べると、わずかに匂いが鼻をとおっていくんだ。米酢よりもまろやかな匂い。

おじいさんはそれに満足げに笑った。

「おう。これは、トマト酢ですわ」

「トマト酢って、トマト果汁を発酵させたやつですよね⁉」

トマト酢には、酢にトマトを漬け込んでつくるタイプと、トマト果汁を発酵させてつくるタイプと存在する。これは後者だ。

たしかにトマトを和食で使うことはあるけれど、まさか酢飯にトマト酢を仕込んでくるとは思いもしなかった。

トマトの旨味と鰹の旨味、昆布の旨味が互いを引き立てるから相性がいい。下手な方法で使ったらせっかくの旨味がえぐみに変わってしまうんだけれど、トマトを発酵させたトマト酢を使うことで、トマト自身の旨味だけを鰹の昆布締めに与えたんだなあ。

トマトに限らず、果汁を発酵させているフルーツ酢は健康志向の人たちにもてはやされるようになったけれど、これは意外と料理の幅を広げているんだ。洋食で重宝されることが多いけれど、和食でもアクセントになるから使われることもある。

兄ちゃんは「ふうん」と言いながら、のんびりと言う。

「意外っすねえ。和食ってもっと、形が決まってるのかと思ってましたけど」

「せやねえ……今やともっと、とっつきやすいのが人気でっしゃろう？　京都にも安いフレンチやイタリアン、バル……やったか？　そんな店が増えてますから、地元民はそんな店のほうに流れていかはるようになりましてん」

そうおじいさんがしみじみと言うのに、あたしは海鮮丼を食べながら唸る。

日本人にある旨味の概念は、つい最近になって世界の料理人にも見直されてきたものだ。

でも日本人だって忙しくなってきた。出汁を取ったりとか、決まった手順で料理をしないといけないっていうのは、面倒臭い、そんな時間がないからやれないってことで、どんどん和食をつくる敷居が高くなってきてしまっている。

そんな和食の世界に身を置くおじいさんは言う。

「でもこのままやと和食は滅びると思たときに、もっと和食を分析して、化学を応用したほうがええんちゃうかっていう動きが出てきましして。旨味の引き出し方かて、旨味という概念が日本人にはあっただけで、出汁を取るという手法自体は他の料理でもありましたし。世界中にある手法を組み合わせて、もっと美味いもんがつくれるんちゃうんかあって、味のかけ算をするようになりまして、和食はどんどん息を吹き返していきましたんや。手順やてそうや」

そう言いながら、おじいさんはいろいろな調理器具を見せてくれた。

エスプーマと呼ばれる泡をつくる機械は、元々はスペイン料理に使われるものだ。おじいさんはこれを使ってポン酢や醤油を泡状に仕立てている。ふわふわの泡だった。それを付けて揚げ物を食べると、驚くほどに食感が軽くなる。

液体窒素を使ってつくるものもあった。液体窒素で野菜を瞬間冷凍させたあとに、粉末に砕くことで、その香りを閉じ込める。その粉末を料理に使うと、素材の香りがさらに強くなる。

それは伝統だけじゃなくって、いろんな技術が詰まったものだった。

「驚きました……和食ってもっと伝統的な方法を守るものだとばかり思っていました」

あたしが素直にそう言うと、おじいさんは笑う。おじいさんの笑顔は存外に若く見える。

「もちろん、出汁の取り方や揚げ物の方法、それらも全部数秒単位で計算してやろうという動きも出てますけど、お客さんを見ながら料理してたら、なかなかそうも言うてられまへん。でも和食はもっと敷居が下がってええし、もっと親しみやすいものになってもええと思います」

その言葉に、あたしの中でなにかがうずいた。

あたしが元々したかったことが頭に閃いたのだ。料理で身を立てたい。最初はもっと輪郭のない目標だったし、御先様の神域で料理をつくってるけど……。

それだけじゃ、足りない。

実家の食堂では来るお客さんは常に一期一会だった。気に入ったらリピーターになってくれる。でも合わなかったらもう来ない。そんな厳しくも優しい場に身を置きたいと、うずきだしたんだ。

あたしのうずきはさておき、もう一番忙しい時期は乗り切っただろうと帰ろうとしたとき、おじいさんに「待ちぃ」と言われて止まる。

「あんた、名前は？」

「え？　夏目梨花です。こっちは古巣雲雀です」

「そかそか。また来るんやったら来はり。今年は熱中症なるんが早うて、いつうちのんが戻てくるかわかりゃしまへんのや」

おじいさんはそう言って、にやりと笑った。

「……っ、ありがとうございます！　人手が足りないようでしたら、またお手伝いに来ます！」

何度も何度も頭を下げてから、今度こそ店を後にした。

あたしと兄ちゃんは傘小僧に案内されながら元の道を帰っていく。

傘小僧のカンカンと跳ぶ音を耳にしながら、兄ちゃんはしみじみした口調で店の話をする。

「そりゃそうだよなあ……酒だって酒母や酵母は、化学的に管理されてるし、研究施設に酒母を残していたおかげで、酒蔵が壊れても酒を新しくつくり直せたって話も聞いたことあるしな。どうして料理だけ、化学的なことしちゃいかんってなったんだろうな？」

「それって思い込みじゃないかなと思うよ。だって、出汁パックだって、麺つゆだって、立派な調味料だもの。それを使っちゃいけない、もっといちから料理をしないといけないってハードルを上げちゃうのがいけないんだよ。まあ、御先様の神域にはないから、鰹節や昆布で出汁を取るし、醬油と砂糖を出汁で割って麺つゆにするけど」

料理をやっている人間からすると、手間暇かけてつくった料理はたしかにおいしい。でも手間暇かかり過ぎるからと毎日つくれずに、料理や食べること自体が面倒になってしまったら、そっちのほうが体に悪い。

手間っていうのは伝統的なものだけではない。新しいものを料理に取り入れて工夫をしていく。それも化学反応だ。それに、自分の中でなにがそこまで欲求不満だったのかがわかった気がした。

「……あたし、やっぱりもうちょっと料理勉強したいなあ」

「んん？　お前、さっきのじいさんの下《もと》で？」

「それは向こうにだって都合があるだろうけど、もうちょっと料理のことを勉強したほうが、いろんなものがつくれるようになると思ったし、いろんな人に食べてもらえると思ったんだよ。ただねえ……」

自分の中で抱えていた欲求不満の正体に、やっと気付いた。

いろんな料理人さんと出会って、伝統的な料理にも、新しい手法にも出会った。おじいさんの店で見たフレンチやイタリアンの手法を堂々と和食に応用する流れも、逆に和食の手法が他に応用する流れもあるんだったら、あたしはそれをもっと勉強して、自分の料理に活かしてみたい。

けれど。

ひとつだけ引っかかっていることがあった。

柊さんが言っていた「神域から出た人間は、神域の中の記憶を忘れる」ということ。

あたしの場合は、小さい頃に現世で御先様に出会ったことがあるため、勝手に縁ができていた。だから、豊岡神社で初めて烏丸さんと出会ったときから烏丸さんが見えていた。

一度現世に戻ったのも神域のためだったから縁が途切れることはなかった。

でも。前に間違って神域に入り込んでしまったあの観光客さんは、簡単に神域での出来事を忘れてしまった。多分迷子になったという記憶しかなくって、霞だらけの場所も、神域の中をちょこまかと歩き回る付喪神のことも、覚えていない。

もし、あたしが自分のために神域から離れてしまったら、今までの出来事を覚えていられるんだろうか？

あたしには、答えが出せなかった。

＊＊＊＊

その夜、勝手場に戻り、夕餉の準備をする。鯉を捌いて、洗いにする。

鯉は薄く切ってから、ぬるま湯でじゃぶじゃぶと洗って脂肪や臭みを洗い流し、最後に氷で締める。この下処理はおいしい鯉が手に入って、氷が手に入る環境でなければまずできない。

ぬるま湯とは言っても、四十度を超えるお湯だ。洗っている途中から身が締まってくる。締まってきたタイミングで急いで氷水の中に入れる。このタイミングを間違えたら、身が固くて食べられなくなってしまう。洗うのも締めるのもスピード勝負だ。

切った端からぬるま湯に入れて、ざぶざぶ洗って氷水に入れていくと、他の人たちがすぐに麻布で水分を拭き取ってくれる。それを氷を削ってつくった皿に、しそや花紫蘇、つつじと一緒に盛り付けていく。最後に酢味噌を入れた小皿を添える。それらを慌ただしく配膳係の人たちが持っていくのだ。

「はあ……」

あたしは最後の鯉を捌いて洗い終えた。

「お疲れ。今日も手際よかったたな」

「ありがとうございまーす」

柊さんはあたしをねぎらいながら、すっかりと身がなくなった鯉の骨と、鯉の切れ端を水の入っている鍋に放り込んでいた。どうやら鯉こくをつくるらしい。本当なら輪切りの鯉で出汁を取るんだけれど、骨と切れ端でも十分に出汁は取れると思う。

あたしは使った包丁を研ぎながら、なんとなしに溜息をついた。

「なんだい、今日は神饌をお供えに行ってから、ずいぶん深刻な顔をしてるさねえ」

「あ、はい……」

あたしは今日の出来事を柊さんに話すことにした。

「お供えに行った先で、地元の料理人さんに出会ったんですよ。本当に腕のいい人で、熱中症……ええとわかりますかね？　それで倒れた人たちの代わりに、店を手伝ってきたんですよ」

「よかったじゃねえか」

柊さんはぐるぐると鍋をかき混ぜながら相槌を打つ。

勝手場は夕餉の作業がひと通り終了し、柊さんみたいに余り物で賄いをつくり出したり、包丁を研ぎはじめたりする料理番で、まだ賑わっている。

あたしも自分の手元の包丁を見ながら、もう一度息を吐いた。

この包丁だって、御先様の神域と現世の境で手に入れたものだ。

「……その人はけっこう年配なんですけど今でも好奇心旺盛で、おいしいものをつくるためにいろんなことを勉強したり取り入れたりしてました。あたしも、こう……もっと料理のことを勉強したいって思ったんです」

「すればいいじゃねえか」

「簡単に言いますねえ!?　……うちの神域はいろいろ特殊で。あたしがこのままいなくなってもいいのかなあと、そればっかり考えていました。いろいろ。ほんっとうにいろいろです」

あたしは最初、神隠しされてこの神域にやってきた。自分の意志とは関係なく神域に連れてこられたばかりの頃は、御先様は常にピリピリしていた。それは御先様が主神になっている豊岡神社が放置されていたせいで、お供えが全くされなくなり、常にお腹を空かせていたせいだ。あたしはそんな御先様にご飯をつくった。最初はなんだこの人はと思っていたけど、この人に「美味い」って言ってもらってからは放っとけなくなったんだ。

それで一度現世に戻る許可をもらい、現世の豊岡神社でお祭りを開いた。それが定着したこともあって、神社も放置されなくなった。御先様は少し前までは力が落ち過ぎてできなかったこともできるようになった。神様としての仕事も普通に任されるようになったし、主神としての仕事も再開している。だからあたしがいなくなってももう大丈夫だとは思うんだけど。でも。自分の気持ちをうまく咀嚼できずに、小骨が引っかかったような気分が抜け切らない。

あたしが包丁を研ぎ終えて、刃をまじまじと見ていたら、柊さんが「ふうん」と間延びした声を上げて、鯉の出汁が取れた鍋に味噌を溶いていく。

そして最後に刻みネギをたっぷりと入れてから、あたしの前に出来立ての鯉こくを出してくれた。

「ほら、食べな」

「ええと？　いただきます……」

ひと口すると、鯉の出汁が口いっぱいに広がる。そのあとを味噌が追いかけてきて、口の中に満たされた感覚が広がっていく。骨と切れ端だけでも充分おいしい出汁が取れるし、切れ端は味噌をいい具合に吸っていておいしい。

あたしはそれを夢中で食べていると、柊さんが「食べながらでいいから聞きな」と言う。

賄いを取りに来た他の料理番にも鯉こくとおにぎりを振る舞いつつ、柊さんが口を開く。

「おめさんが迷うのもまあ、わかるさね。人生は一期一会で、一度別れた人間とは、二度と会えなくなるからなあ……神域と現世で住む世界が違えば尚更なあ。一度縁が切れたら、縁をもう一度手繰り寄せるのは本当に難しい。でもなあ」

あたしは鯉こくを食べながら柊さんを見る。

そういえば、この人はもう死んでいる人で、一度人生を終えている人なんだよなあと、今更ながら思い至った。

「人生っつうのは一度しかねえべ。おらは一度人生終えてるから、現世のほうには未練がねえが、こないだも言ったがおめさんはまだ生きてるだろう？　そりゃこっちでも学べる

 こともあらぁな。昔の歴史なんかは神域にいたほうがよっぽど学べるからなあ。ただ、現世のことは現世でしか学べねえし、新しいことはそっちにしかねえだろ」

そうきっぱりと言うと、こちらのほうを見て笑った。

「おめさんはどうにも、自分のことを後回しにしがちだからなあ。やりたいこととやらないといけないことが一緒だったならかまわねえが、おめさんは自分のことを引っ込めて人にばかり尽くすから。多分最近悩んでんのはそれが原因だろうさ。自分の欲に気付かぬふりばかりしてたら、いずれ自分も見失うさ」

あたしは鯉こくをすするのも忘れて、ぽかんと柊さんを見ていた。

「たまには自分のやりたいことを優先してもいいんじゃねえかい？　おめさんが生きてるなら、なおのことなあ」

そうしんみりと言われてしまい、返す言葉が見つからなかった。

あたしは、自分の意志で神域に残っているけれど、まさか柊さんにこんなことを言われてしまうとは思いもしなかった。別に自分のことを後回しにしてきたつもりはなかったけれど。

ようやく柊さんも自分の分の鯉こくをすすりはじめたのを見ながら、あたしもまたひと口鯉こくをすすった。

「……もうちょっとだけ悩んでみます。これって、あたしだけで決めていいことなのか、わかりませんから」

「それがいいべ」

それでこの話は一旦切り上げることとなった。

＊＊＊＊

次の日も、その次の日も、次の日も。あたしは神域と現世を往復して、お供えをした。

そして、その足でおじいさんの店の手伝いに行った。

雨乞いの儀式はすぐ終わるんだろうと思っていたけれど、意外と終わらないものらしい。簡単には上手くいかないほどの非常事態だったから緊急招集だったんだなあと、ようやく合点がいく。毎日神饌を入れる桐箱を渡しにやって来る神様は渋い顔をしていることからして、本当にままならないものらしい。

御先様は食事をちゃんと摂っているらしく、あたしが直接つくるようなことはしなくてもよかった。今日は夕餉が終わったあと、ばったり御先様と会った。そのときに「儀式の進捗はどうなってるんですか？」と聞いてみたけれど、桐箱を渡しに来る神様と同じく、渋い顔のままだ。

「なかなか終わらぬ。大神《おおがみ》のことは存ぜぬが、機嫌を損ねているらしい」

「大神様がですか……」

「ゆえに神域だけではなく現世からも祈りが必要になっておる。そちには負担がかかるが」

「あ、いえ。全然大丈夫なんですが。ただ、夏越の祓までに帰ることってできますか？」

前に御先様から聞いた感じだと、夏越の祓が執り行われるのは六月の末だ。それまでに御先様の神域に戻らなかったら、そこで夏がきちんと越せるようにという大祓はできないんだよなあと思う。ううん、御先様の神域だけじゃなくって、他の神域もだ。

御先様は心底うんざりとした顔をして答えた。

「わからぬ」

「あー……了解しました」

本当に、神様って勝手だなあとがっくりと来た。

その翌日も昨日の御先様との会話を思い出しながら現世に出た。天を見上げても未だに雨が降る様子はない。次の瞬間ただ地面に溜まった熱がむわりと辺りを漂うばかりで蒸し暑いだけで、梅雨の季節とはとてもじゃないけど思えなかった。

数日間おじいさんの店に通っていたら、気付いたら配膳の人たちともしゃべるようになり、熱中症が治った料理人さんたちが少しずつ戻ってきてからは、ようやく飛び入りのお客さんを受け入れられる余裕もできてきたようだ。数日前は空席の目立っていた店内も、今日は満席だった。

「はあ……若いのに人の家で料理なあ……」

熱中症から回復した料理人さんが、感心したようにあたしに言った。

「一応専門学校で調理師免許は取ってるんですけど、それ以外は修業と言えるのかどうか」

「いやいや偉いよ。調理師免許取ったあと、俺もあっちこっちで修業してたから」

そんな話をしながら、料理人さんたちと賄いを食べる。兄ちゃんは兄ちゃんで、賄いを食べながら配膳係の人たちとなにやら話し込んでいた。

どの人も、料理の腕もさることながら勉強熱心で、中には和食だけではなくフレンチやイタリアンの店で修業していた人もいるから驚きだ。

「意外です……既成概念ってありますもんねえ」

「そうか？　フレンチやイタリアンでも、隠し味に醬油や白味噌を使うことはあるだろう？　和食だって、ワインを使うこともあるんだから、ジャンルに囚われず料理を勉強していたほうが、味に深みが出るからな」

「そうそう。もちろん昔ながらの出汁の取り方や、野菜の切り方も理には適ってるんだよ。そのほうが香りが強かったり、味が染みやすかったりな。でも伝統を守り続けるだけじゃ未来はないから、新しい手法だって絶えず勉強し続けないといけない」

「やっぱり、そうですよねえ……うん」

あたしは頷きながら聞く。聞いたことを神域に戻ったら手帳に書き加えよう。

お客さんが増えたことで洗い物が増えて、手伝いを終えてヘロヘロになりながら付き合ってくれている兄ちゃんと、傘小僧の背中を追いかけながら店を出た。

「俺は全然話に着いていけなかったけど、お前は全部わかったの？」

兄ちゃんは、先頭をカンカンと地面を鳴らして進む傘小僧を眺めながら聞いてくる。

「うん。他のジャンルの料理も、専門学校では習ったからね」

「なるほどなあ……しっかしあのじいさん。お前をずっと見てたけど。お前なんかやったか？　俺が見てる限り、賄い食べてるときも、お前のことを腕組んで見てたけど」

「ええ？　あたし、店の手伝い以上のことはしてないよ？　さすがに店に出すものだもの、あたしが勝手に献立に手を加えてけちを付ける訳にはいかないし」

「そうか？」

あたしも自分の中で迷っていることを兄ちゃんに言ってみる。

「あのさあ……あたしは少しだけ考えてることがあるんだけど、いいかなあ？」

「俺、難しいことはわっかんねえぞ？」

兄ちゃんはそう言うけれど、あたしは無視して口を開く。

「今はあたし、人手が足りないから店を手伝っている感じだし、倒れてた人たちも戻ってきたから、もうあの店に通うことはなくなるよねって思ってる。ボランティアで店の手伝いをするのは、限度があると思うから」

「そりゃそうだなあ」

相変わらず軽いな、この人。あたしはむっとしながらも続ける。

「……本当はあそこの店で、もうちょっと勉強したいって思ってる。でも、京都にいつまでいられるかわからない」

おじいさんだけじゃない。いろんな経験のある料理人さんたちがいるから、話しているだけで勉強になる。でも、それだけじゃやっぱり足りない。

自分で考えて、自分で料理をつくってみたい。それをお客さんに出して、反応を見たい。昔っから持っていた、料理で身を立てたいと思っている夢は、本当にふわふわしていたものだったけれど、店のお手伝いをしてからは、少しずつその願いが輪郭を持っていくのがわかったんだ。でも……。神域のことがあるから、あたしの一存だけで決めてしまっていいものなのかわからなかった。

兄ちゃんはこちらのほうをちらっと見て、間延びした返事をする。

「ふーん」

カンカンと傘小僧が音を立てながらあたしたちの前を歩いていくのを眺めたまま、階段を昇っていく。兄ちゃんは少しだけ長くなった青空を仰ぎながら言う。

「俺は……もうちょっと神域で、自分が納得できるだけの酒がつくれるようになったら、出て行こうと思ってる。お供えもされるようになった今なら、御先様も外に出してくれると思うし」

そっか。兄ちゃんは実家の古巣酒造の跡取りだ。昔はやんちゃしていて、日本酒に未来がないからって、造り酒屋を継ぐ継がないで揉めていたみたいだけれど。

一度スランプに陥ったときに、兄ちゃんは御先様に頼んで現世に戻った。古巣酒造は急病が原因で人手不足に陥っていたのだ。兄ちゃんは現世でしばらく、実家の酒蔵を手伝ってから戻ってきた。そのときに、覚悟を決めたんだろう。

あたしは、どうなんだろう。

あたしが料理をつくるようになったきっかけは御先様で、あの人に出会ったからこそ、料理で身を立てたいという目標ができた。

あの人に「美味い」と言わせる目標は、もう達成した。あの人が消えそうだっていう危機も、お祭りをしたことでなんとかなった。次のあたしの目標を達成させる番じゃないのかな。

ただ。あたしはまだ迷っている。

あたしに夢をくれたのは、御先様だ。その夢を目標にできたのだって、神域での出来事のおかげだ。でも……縁が切れたら、最悪神域での出来事を全部忘れてしまう。もし神域での出来事を忘れたとしたら、あたしの目標だって崩れてしまうような気がして、それがすごく怖い。

あたしが黙り込んだのをちらりと見ながら、兄ちゃんはのんびりと口を開く。

「俺はあんまり偉そうなことは言えないけどさあ。お前の夢とか目標だったら、御先様は賛成してくれそうだと思うけどなあ」

「えー……だって、神様って皆わがままじゃない。御先様はちょっと違うような気がするけど、それでもさあ」

「そうかあ？　俺は充分あの人、りんに対しては甘いと思うけどなあ」

そんなことはないんじゃないかなあ。そう思いながら、傘小僧について霞を越えたら、もう神域が見えてきた。

傘小僧に、「ありがとうね」とおにぎりを口に入れてあげたら、傘小僧は嬉しそうにそれを食べて、カンカンと跳ねながら立ち去って行った。

兄ちゃんはそれを見送りながら、首の裏を掻きつつ背中を向ける。

「まあ、京都にいる内に考えておけよ。もうちょっとしたら雨乞いの儀式だって終わるんだろうし。神域に帰ってからでも答えは出せるけどさあ。あんまり決断出せずにいたら、時間はあっという間に過ぎるぞ」

「うん……」

兄ちゃんと別れてあたしは、与えられた部屋へと戻っていった。

京都の神域にいる間に、ある程度結論を出さなかったら、あたしがおじいさんの店で手伝いしていた時間からどんどんと離れてしまう……そうなったら、もうおじいさんの店で修業させてくださいなんて、言い出せなくなってしまう。

ひとまず手帳に今日聞いた話を全部書き留めてから、今後のことについて真剣に悩むことにしたのだ。

＊＊＊

次の日の夕餉も、勝手場は戦場だった。

鰹をたたきにして出すので、鰹を捌いてから、血合いを取り除き、塩を擦り込んでおく。それを藁に包んで、蒸し焼きにする。中がレアでなければただの鰹の藁焼きになってしまうから、火加減は慎重に。

藁が焦げたところで、鰹を急いで取り出し、氷水に入れて冷やす。これで表面だけに火が入り、中に旨味が閉じ込められる。この時季の鰹は脂があまり乗っていなくてあっさりとしているから、こうやって味を閉じ込めることで旨味を増すのだ。

出来上がった鰹のたたきを切り分けると、向こうでしそと花紫蘇、千切り大根と一緒に盛り付けているのが見える。小皿には醤油と擦り生姜。これでおいしくいただけるだろう。

それらを配膳係が次々と持っていくのを眺めつつ、次の鰹に手を伸ばす。

「はあ……」

作業が一段落して、あたしが賄いをつくっていると。

「なあ、りん」

花火に声をかけられた。鰹のたたきの端っこを集めて、残っているご飯の上に載せ、擦り生姜と醤油をかけて、出汁をかけて鰹茶漬けにする中。あたしは出汁をかけながら「なに？」と聞く。

「きょうにきてから、ずっとおちつかないなあ？」

「えー……いっつもそうだと思うんだけど」

「そうかい？　だってりん。げんせにいってから、ずーっとなやんでるぞ？」

あたし、そこまでわかりやすいかなあ。そうは思ったものの、花火はこう見えても、あたしよりもずっと年上だもんなあと思う。あたしはお茶漬けを食べながら言う。

「ちょっと人生に迷ってるだけだよ。ねえ、花火。聞いていい？」

「なんだい？」

花火がかまどの中でパチパチ火花を散らしているのを見つつ、あたしは鰹のたたきの端っこをあげると、花火はそれをむしゃむしゃと食べる。

「前に柊さんが言ってたけどさあ。神域に来て、出て行った人って、神域の中の記憶を覚えてないもんなの？」

「うーん、じょうきょうにもよるなあ」

そう言いながら、花火はマッチ棒みたいな腕を組む。

「状況？」

「おう」

あたしが器を傾けて出汁をすすっていると、花火は続ける。

「かみさまとどれだけしゃべっていたのかにかかってるぞ」

「しゃべる？」

「たとえば、りんやこじかは、みさきさまにちょくせつごはんやさけをわたしていたから、そのじてんでみさきさまとえんができる。そのえんがあったら、しんいきのにんげんはみえるし、わすれることはないぞ」

「うん。それは前に烏丸さんも言ってたかな」

烏丸さん曰く、神様と縁があった場合は、神域の関係者のことが現世であっても見ることはできると。霊感が強い人だったらともかく、普通の人はまず神様や付喪神は見えないらしい。でも、この間迷い込んできた観光客の人。あの人は神域のことを忘れてしまっていた。

花火は言葉を続ける。

「でも、えんがきれたらみえなくなるし、わすれるぞ」

「その……縁が切れるって？」

「なまえがかわったり、しんいきからとおくはなれたばしょにいったり、みれんがなくなったりしたら、えんがきれるぞ」

「え……」

名前……。そういえば。神社で願い事をするときは、住所とフルネームで名前を名乗らないといけないと聞いたことがある。神様だって、たくさんいる参拝客がどこの誰だか覚えきれないから、名前を名乗らないといけないのだ。

つまりは、結婚したりして名字が変わった場合、神様も特定できなくなっちゃうから、縁が切れるってことなんだ。遠くに離れるっていうのは、引っ越しとかかな。

あたしが勉強に行きたい場所は京都だから、当然御先様の神域から遠ざかる……。未練の方はよくわからない。ただ忘れたくないけど、京都に残りたい方に気持ちが傾きつつあるのがわかる。

あたしはそれにぎくりとすると、花火はじぃーっとこちらを見上げてくる。

「なんだい、りん。いきなりどうしたんだい？　そんなことをきいてきて」

「……うん、なんでもないよ」

あたしは誤魔化すようにして、器の残りのお茶漬けをすすり上げた。

どうしよう。神域を出て修業したいって御先様に言って了承してもらえたとしても、きっとあたしは御先様のことも、神域のことも忘れちゃう。ここで起こった出来事を忘れることなんて、したくないのに。

＊＊＊＊

あたしが悩んでいても、お役目が終わることはない。

朝餉の準備をしたらお供えに現世に出かけ、その足でおじいさんの店の手伝いをし、夕餉の手伝いをして、その合間に賄いを食べたり手帳に今日つくった料理のことを書き記す日々。

もう十日ほどこんな生活を続けている。

「いやあ、俺らが倒れてたときに梨花ちゃんと雲雀くんが来てくれてホンマに助かった。おおきに」

そう言いながら料理人さんが笑ってくれるので、あたしと兄ちゃんは苦笑しながら賄いを食べていた。熱中症で倒れていた最後のひとりが戻ってきたのだ。もうあたしたちがお節介を焼く必要はない。

「あたしは、全然大したことしてないですよ」

「せやけど、俺ら倒れてるときに、タイミングよう料理やってる子が大将が困っとるのを助けてくれるやなんて。ほんま神様のお導きやねえ」

「はは……」

まさか、本当に神様のお手伝いしているなんて、言える訳もなく。あたしは誤魔化すようにして今日の賄いを食べる。今日の賄いは雑穀ご飯に丸いかき揚げが乗せてあり、梅だれがかかっている。そういえば、雨期限定昼膳として、六月限定でこの丸いかき揚げが中心の昼膳がメニューにあった。

「そういえば、六月限定のこの膳って、なにか意味があるんですか？　夏季限定とかだったらまだわかるんですけど、六月限定って珍しいなあと思ったんですけど」

あたしが何気なく聞いてみると、料理人のひとりが教えてくれた。

「ああ、梨花ちゃん家《ち》の近所には神社ないん？」

「うーんと……？」

「夏越ごはん言うて、神社の夏越の祓にちなんで、夏を乗り越えようって献立があるんや。うちの近所にも神社があるから、それにあやかってなあ。こんな丸いかき揚げも、夏越の祓にちなんだ茅の輪くぐりから来てるし。使《つこ》てる材料も、古事記だか日本書紀だかに書かれてるやつなんやて」

「へえ……」

うちの近所の豊岡神社はそんな行事はなかった。傘小僧がいつものようにあたしの賄いを見てくるので、こっそりとかき揚げを割って、半分あげる。

またひとつ脳に皺を刻んだところで、昼食時間も終わった。

厨房の掃除をしているときに「梨花」とおじいさんに呼ばれて、あたしは顔を上げた。

「お疲れ様です。成り行きでお手伝いさせてもらってましたが、そろそろあたしが来なくても問題ないくらい人が戻ってきましたよね」

そう言いながら、あたしはしみじみと賄いを食べている人たちを見た。あちこちで料理を学んできた人たちで、しゃべっているだけですごく勉強になった。もうちょっとだけここで勉強していたかったけれど、それはあたしのわがままだ。

本当は、ここでもうちょっと勉強したかったという言葉を飲み込もうとしたとき、おじいさんが「そのことやけど」と口を開いた。

「あんた、どこかの家で料理をつくってるって言うてはったけど、それを辞めることはできひんのん？」

思ってもいなかった言葉で、あたしは目を剝いておじいさんを見た。

おじいさんは、この十日の内にみるみる元気になってきた。年よりもずっと元気に、繊細で新しい料理をつくり続けている。

「……あの、それってどういうことでしょう……？」

「もちろん、梨花がそこの家に義理があるんやったら、なかなか辞められんやろうけど、手伝ってもらったん見て、惜しい思て。あんた、伸びしろがまだまだあるんに、押し込められとるんちゃいますのん」

その言葉に、あたしはますます言葉を失う。

そりゃおじいさんのところで勉強できたらいいなとは思っていたけれど。おじいさんは言葉を続ける。

「あんたが誰かに料理を振るうのを見たなりましてん」

嬉しい。あたしは自然とそう思う。

分不相応な言葉な気もするし、あたしにはまだ早いって思っていたけれど、ここでいろんな料理人さんたちと料理していけたら、もっと成長できるような気がする。

でも……あたしがお世話になっている御先様や神域の人たちに、まだなんにも言っちゃいない。

「……あたし、もうちょっとしたら、京都から離れないといけないいんです。夏越の祓が終わったくらいに」

「なんや、あんた神社の関係者やのん」

合ってるけどちょっと違う。あたしはそこで「だいだいそうです」とだけ言ってから、言葉を続ける。

「お世話になっていますので、その人たちに話を付けてからでないと、京都には来られません。ひと月。ひと月ください。ひと月で決着がつかなかったら、この話はなかったことにしてください」

せっかく誘われているのに即答できないのが心苦しいし、その場で断られても仕方がない話ではあるけれど。おじいさんは頷いた。

「そりゃ、きちんと話を付けたほうがよろしいなあ。恩義があるんやったら、けじめは必要や。ほら、これを」

そう言って、おじいさんはあたしに封筒を差し出した。そこに入っていたのは、お札だ。兄ちゃんの分もある。それにあたしはぶんぶんと首を振る。

「なっ……！　こっちから押しかけたのに、もらえません！」

「阿呆、対価なしに人の能力買えまへん！　力のあるやつにはきちんと対価を支払わなかったら失礼でっしゃろう！　人手なくって店が回らないところで来てもろたんやから、余計にや」

おじいさんの勢いに気圧《けお》されて、あたしは思わず頭を下げてしまう。

「は、はい……ありがとうございます」

兄ちゃんが片付けをしている水場に行って封筒を見せたら、兄ちゃんも同じように必死で首を振っている。

「いや、俺はただの皿洗いな上に、りん……梨花と違って、ここの店で修業させてもらってませんのに」

「皿洗いも立派な仕事や。片付けしてもらわんと、厨房も回らんかったし。雲雀もありがとう。ずっと聞きたかったんやけど、あんたら同じところで働いているみたいやのに、雲雀は料理人やないやろ。仕事はなにしてはりますのん？」

まさか兄ちゃんが、神域の酒蔵でお酒をつくっている杜氏だなんて言える訳もなく、「酒の当番です」とだけしか答えられなかった。

あたしたちは店を出て深々と頭を下げた。店の皆に見送られながらそのまま帰っていく。あたしたちの前を行く傘小僧のことはもちろん誰も見えていない。

兄ちゃんは封筒を手にどうしたもんかと言う。

あたしとおじいさんの話の内容は薄々わかっているみたい。

「いよいよお前も、御先様たちとちゃんと話をしないといけなくなったんじゃないか？」

「うん……」

もうすぐ雨乞いの儀式も終わるだろう。雨が降ったら、その時点であたしたちは御先様の神域へと帰ることになる。

儀式も終盤だからなのか、神域内はここ二、三日ずいぶんとばたついてしまって、まともに御先様と話し合える機会がない。

「ぎしきがしゅうりょうしたら、あめがいーっぱいふって、しそんもよろこぶぞー」

傘小僧が、嬉しそうに跳ねているのを見て、あたしは力なく「よかったねえ」とだけ言っておいた。この子には神域についたら、道案内の対価に、お弁当の残りをあげよう。

あたしだって雨は降ってほしい。でもな……。

せめて氷室姐さんや海神様に相談ができたらいいんだけど。困ったなあ……。あたしはそう思いながら、深く深く溜息をついたのだ。

＊＊＊＊

いよいよ雨乞いの儀式の総仕上げらしい。なにをするんだろうと、付喪神たちがばたついているのを見ながら思う。

ただ、昨日から、ずっと琴の音や、琵琶の音が響いてくるのだ。

ときおりポンと叩かれるのは太鼓の音。こういうのって雅楽って言うんだっけかと、高校時代で止まっている音楽知識を照らし合わせながら思う。

そんな音楽を耳にしながらも、料理番がやることは変わらない。現世にお供えしたあと、勝手場で夕餉の準備をしていると、あたしは神様たちに呼び出されて、またも広間を訪れていた。

「あのう……神饌になにか不手際がございましたか？」

白い神様——この人の名称もわからないし、いっそ白神様としておこうか——は、あぐらをかいてこちらを見るので、その威圧感にあたしは縮こまってしまう。白神様は笑ってはいるものの、底の見えない目をして答える。

「ふむ。現世での神饌、たしかに美味であったと大神からお言葉があった」

「あ……ありがとうございます」

察するに、あたしたち料理番が普段食事を出している神様よりも上の神様たちがいるらしい。

どうもあたしが毎日お供えし続けていた弁当は、その白神様の上司に当たる大神様が召し上がってくれたらしい。誰かが食べてくれていたのなら、それは万々歳だ。

白神様は続ける。

「して、もうすぐ雨乞いの儀式の仕上げを執り行うが、その際に料理番殿に、儀式の総仕上げの神饌を出して欲しいのだ」

「えぇっと……」

これはどういうことだろう。あたしは白神様が悠然と笑っているのを見ながら、ただ眉を寄せる。

今まで神様たちに出した京料理は、料理番全員で料理をつくった。

祓に参加する神様全員分を、たったひとりでつくれなんて言われているのだとしたら、それはあたしに「死ね」と言っているのと同義語だ。ずっと現世に持っていっていた神饌という名の弁当は、お弁当箱ひとつ分だからつくれたのだ。参加者全員にこれと同じようなものを配ってくださいと言われたら「無理です」としか言えない。それで怒られても、たったひとりが一日でつくれる料理の量には限度がある。

あたしはだらだらと背中に汗をかきながら、これをどうやって断ろうと考えあぐねていたところで、白神様が言葉を重ねてきた。

「あまり案じるな。儀式用にひとつ、神饌をつくって欲しい、それだけだ」

「それって……ずっと現世に運んでいたお弁当のことでよろしいんでしょうか？」

「うむ。そうだ」

なんだ……よかった。あたしは心底ほっとした。

「わかりました。それで、神饌の準備はいつまでに用意すればいいんでしょうか？」

「明日の早朝、雨乞いの儀式の総仕上げを執り行う。それまでに用意せよ」

……急な呼び出しだと思っていたら、本当に急な提案だったよ。これは。つまりは、今晩中に材料を用意して、明日の夜明けまでには出せるように準備しろ、そういうことらしい。

あたしは再び背中に冷たい汗を感じながら、自分の迂闊さを呪った。既に了承してしまっている。つまりは約束してしまっている。言質《げんち》を取られた以上、破ることはできない。

「わかりました、それでは、明朝までに準備しますので、お待ちくださいませ」

あたしは頭を下げ広間を出る。いつもなら御先様や海神様、氷室姐さん以外の神様と話すとプレッシャーでしばらくフラフラになってまともに立てなくなるんだけれど、今はそれどころじゃない。あたしは急いで食糧庫に向かった。

ほう・れん・そう。神様には報告・連絡・相談って概念がないのか。あったらこんな急なこと言い出さないよね、知ってた。

憤慨していても料理は完成しないから、動くしかない。でも雨乞いの儀式の総仕上げに出す料理って、なにを出せばいいんだろう。

現世ではもうそろそろ六月も終わり。どんどん御先様の言っていた夏越の祓の季節に近付いていっている。

＊＊＊＊

食料庫に辿り着くと、付喪神たちが食料の管理を行っているのが見える。鍬神も傷んだ食材を降ろしたり、早く食べたほうがいい食材の位置を変えたりと、せっせと食料庫の面倒を見ていた。それを横目に、あたしは広い食料庫をさまよっていた。

食材を運んでいたころんがあたしに気付いて、とことこと寄ってきた。

「さがしもの？」

「うーんと、雨乞いの儀式の総仕上げで神饌を出さないといけなくなったんだけど……そもそも雨乞いの儀式ってなんの食材を出せばいいのかさっぱりなんだ。ころんは知ってる？」

ころんは足下でこてん、と首を傾げたあと、すぐどこかへ走って行き、またすぐなにかを持って戻ってきた。

「あわ、まめ。おおがみさまにおもてなし」

そう言って籠に広げたのは、雑穀だ。粟に押し麦、他にも。これらを炊くってことかな。でも、これだけでは食感が悪いし、おいしくない。

籠の中には枝豆も入っていた。枝豆かあ。

あれ。これって、おじいさんの店の賄いで食べさせてもらった夏越ごはんの材料に似ている……。

「これって、夏越の祓にやってくる神様に出すご飯なの？」

ころんに聞くと、こくんと頷いた。

雑穀飯と、枝豆だけじゃ献立にはならないけど……。

他に季節のものはないかなと思ってきょろきょろと辺りを覗《うかが》ったら、ころんは今度は鱚《きす》を持ってきた。鱚はたしかにこの時季の魚だけど……。

あたしはさんざん考えてから、玉ねぎと大根、そして切り干し大根を手に取ると、それを持って勝手場にいくことにした。

勝手場に戻ると、皆、夕餉の準備で慌ただしくしていた。皆に事情を話し、今日のあたしの仕事は配膳さんたちが持ち帰ってきた食器洗いだけに留めてもらう。ひと区切りついたところで、ようやくあたしは明日の準備をはじめた。

米を洗ってから、雑穀と一緒に釜に入れて水に浸す。ひと晩浸しておけば、雑穀米もおいしく食べられると思う。

次に、玉ねぎを輪切りに、切り干し大根は戻さずにただほぐしておいた。鱚は骨を外して小さく切り分けておく。花火にお湯を沸かしてもらって、枝豆を塩ゆでにし、さやから豆を取り出す。

それらを眺めていた柊さんが、賄いを用意しながらこちらのほうを覗った。

「はあ……今回の当番はおめさんがなったか」

「もしかして、柊さんが当番任されたときもあったんですか？」

あたしは鱚を小分けにしながら聞くと、柊さんはうんうんと頷く。

「神様もいきなり言い出すからなあ。本当に困ったさ。でもおめさんは結構迷わず用意できてるみたいだから、それは羨ましいな」

「あたしは鍬神にどんな料理を出したらいいのか、聞いただけです。ね、ころん」

「それで手が動かせるなら充分さ。そういえば、おめさん。おめさんとこの神様とは、ちゃんと話ができたんかい？　現世に帰るんだろ？」

あたしは、明日のために小麦粉の位置と油の位置を確認しながら苦笑する。

「まだ全然。現世に帰れるかはわかりませんが、今の気持ちを伝えようとは思っています。神域に帰ったらちゃんと話をしないと駄目ですよね。このところ神域内があんまりに忙しそうなんで、なんの相談もできてないんです」

「まあなあ……これだけ暑いのも久しぶりだし、儀式が終わるまでは、ばたばたしてるだろうからなあ」

「はい」

あたしはそれだけ言って、笑った。

さあ、明日の準備が終わったら、あとは明日、ちゃんとつくればいいだけだ。

「りんー」

ふいにかまどの中を覗くと、花火が膨れっ面だ。ついでに足元のころんも膨れている。

「な、なに?」

「きいてないぞー、りんがげんせにかえるって」

「きいてない」

ふたりが交互に言ってくるのに、あたしは目を白黒とさせる。

思えば、神域で一番お世話になってるふたりだ。この子たちがいなかったら本当に何もできなかった。

「別に、内緒で帰る気はないよ! まずは御先様と話し合いしないと、あたしだって無断で帰らないし」

「やだ」「やだ」

ふたりの声がハモる。あたしは困ってしまった。

「にんげんはすぐわすれるぞ。だからかえるのやだ」

「あのね、聞いて。あたしやりたいことがあって……。だからね。花火、ころん……」

「やーだー」

今の気持ちをちゃんと話そうと思っても全く聞く耳もたないふたりに、あたしはたじろいだ。これどうすればいいの⁉

あたしはおろおろと助けを求めるように柊さんを見ると、柊さんは緩やかに笑って首を振った。

「付喪神は基本的に人間に懐くからなあ。だから別れるのが寂しいさ」

「そんな悟りを開いたようなこと言われても……！　あのね、あたしだって寂しいよ」

「やだ」「やだ」

怒ってる。あたしは屈んでどうにか目を合わせようとする。

「花火がいないと、あたしは料理できなかったよ。ころんも。ころんがいないと野菜を見つけることとできないし。だからね、帰るか帰らないかはわからないけど。今もふたりの力を借りないと何もできないんだよ。花火ぃ、明日、あたし神様たちに神饌持っていかないと駄目なんだよう？　手伝ってくれる？」

「やだ」「やだ」

花火は火花をパッチンパッチンと鳴らしてそっぽを向いてしまったし、ころんは腕を組んで「ふんっ」と明後日の方向を向いてしまった。

正直意外だった。この子たち普段はあたしのやりたいこと全部肯定してくれるのに、あたしが現世に帰ることには全否定して膨れられるなんて思ってもみなかった。

あたしがオタオタとしていたら、柊さんは軽く肩を叩いてくれた。

「まあ、おらも手伝ってやるから。どうしてもおめさんの火の神が言うことを聞いてくれないようだったら、おらに言え。火の神に賄いを出せるんだったら、手伝ってくれるから」

「あ、ありがとうございます……!!」

「こらー、うらぎりものー」

花火が柊さんに抗議するようにパンッパンッと火花を弾けさせるけれど、柊さんは笑って返した。

「おめさんも、気に入ってる子に悪さするようだったら、その子にそっぽ向かれんぞ？」

「うー……!!」

柊さんの軽口にも、花火は癇癪《かんしゃく》を起こしたように火花を散らす。

うう……あたしだって喧嘩なんかしたくないのに。花火は膨れっ面のまま、かまどの中で丸まって眠ってしまった。ころんはぷりぷり怒って食料庫へと帰っていった。

こんなんで明日の神饌の準備、大丈夫なのかな。さすがにあの子たち、明日の朝になったら手伝ってくれるかな。あたしは深く深ーく溜息をついてから、ひとまずは借りている部屋に寝に行くことにした。

明日の朝は早いんだから。

＊＊＊＊

まだ日は出てないせいか、今だけは空気が湿気を孕《はら》んでなくって、すっきりとしている気がする。朝靄《あさもや》の中、あたしは急いで身支度を調えると、勝手場へと顔を出す。

既に柊さんをはじめ、何人かの料理人たちは出汁取りにかかりっきりになっていた。あたしのほうをちらっと見ると、手を振ってくれた。

「おはようさん。神饌のほう、手伝わなくっても大丈夫そうかい？」

「おはようございます。ちょっと待ってください……花火ぃー。おはよう。火を付けて欲しいんだけど……」

あたしが小声で丸まっている花火に呼びかける。花火はポッポと火花を散らすだけで、こちらのほうを振り向いてもくれない。

これはあれだ。ストライキだ。あたしはがっくりと肩を落としてから、柊さんに手を合わせた。

「本当に申し訳ありません。火の神。貸してください」

「そうかい。火の神、手伝ってやってくれ」

あたしは恐る恐る出汁を取っているかまどの前に屈み込む。そこには赤々と燃える火の神がいた。火の神はプクプクと力むと、ポンッとふたつに割れた。

「なんでい、なんでい、あさげまえにけんかかかい？　ほれねえさん、ちゃちゃっとおわらせようぜ」

ずいぶんとべらんめぇ口調な火の神だな……。あたしはそう思いながらも、薪を乗せたちりとりを差し出した。

「出汁取り中に邪魔してごめんね。今日は神饌をつくらないと駄目だから、時間との勝負なの。よろしく」

「おうっ」

気風《きっぷ》のいい火の神に花火の隣のかまどに入ってもらうと、急いで昨日水に浸けておいた雑穀米を炊き上げてもらう。その間に、昨日準備していたものの仕上げをはじめる。

小麦粉を水で溶いて衣をつくり、輪っかに切った玉ねぎの輪の中に小さく切った鱚、枝豆、切り干し大根を入れて、表面に衣を絡める。火の神に油を温めてもらい、その中に入れた。

かき揚げを揚げている間に、急いでタレをつくる。梅干しを包丁で潰して、大根をすり下ろす。柊さんから出汁をもらってきて、梅干し、醤油を加えて混ぜ、仕上げに大根おろしを混ぜる。鱚は淡泊な味わいだから、さっぱりとした梅干しが主役のタレでいただく。

「ほう……この丸いかき揚げは、茅の輪の替わりかい？」

様子を見に来てくれた柊さんが、鍋を覗き込む。

「あ、はい。現世でお供えしているときに、よく茅の輪くぐりをしている人たちを見たんで。あと、現世の料理屋さんの賄いで出てきたんですよ」

賄いのときに話を聞いておいて本当によかった。

それに、ころんが教えてくれたおかげで、雑穀と豆を使えばいいとわかった。あとは季節に合わせたあしらいを飾れば夏越の祓にふさわしい神様へのおもてなしになるはずだ。

さすがに賄いご飯をそのまま神饌として出す訳にはいかないから、かき揚げとご飯は分けるけれど。

かき揚げのタレは深めの豆皿に入れて添える。次に、炊き上がった雑穀ご飯を丸く盛る。季節の植物として青紅葉を添え、花は桔梗を飾る。

雑穀ご飯、季節のかき揚げ、塩、兄ちゃんのお酒。

一応聞くだけ聞いたものを用意したけれど、これで大丈夫なんだろうか。神様たちが行う儀式っていうのがどういうものなのか、未だにさっぱりわかってないんだけれど。

あたしはつくったものを持つと、柊さんが笑う。

「大丈夫だろ、神域の行事も昔より簡素になってるから、そこまで気張らなくっても大丈夫さ」

「そ、うだといいんですけどっ！」

「おめさんに声をかけた神だって、別におめさんにいちゃもん付けたい訳じゃねえだろ。ささっと行ってささっと帰ってこい」

「は、はい……！」

あたしは手伝ってくれたべらんめえな火の神に、かき揚げをひとつあげた。火の神はそれをバリムシャと音を立てて食べ、「ねえさん、じしんをもちな」とマッチ棒みたいな手で親指を突き立ててくれた。火の神に親指あったんだ。

あとは……そっぽ向いている花火のほうに屈むと「ちょっと行ってくるね」と声をかけて、あたしは白神様の元へ向かうことにした。

おそらく……この雅楽の聞こえるほうに向かえばいいんだろうけど。

あたしは音楽の鳴る方向へと足を向けていく。

神饌が冷めないうちに届けたいのに、音楽を辿っていくと御殿からずいぶんと離れてしまった。これ、道合ってるのかな。あたしはそう眉を顰《ひそ》めながら音楽を耳にしていると。だんだん水の音が一緒に聞こえてくることに気付いた。

これって……滝の音？

その音のするほうに進む。すると、だんだん霞が薄らいで、小さく細い滝が流れる場所に辿り着いた。その滝を眺めながら、神様たちは小さな段をつくって、それを眺めながら音楽を奏でていたのである。少数精鋭でやっているのか、広間で見た神様たちより人数が少ない。知ってる顔は見当たらなかった。

これが多分、大神様へお供えするための祭壇なんだと思う。

「あの、神饌をお届けに上がりました」

あたしがおずおずと声をかけると、笛を吹いていた神様がこちらのほうに振り返った。白神様だ。

「よくぞ参った、料理番殿。そちらの段に神饌を」

「あ、はい」

桐箱の蓋を開けて指定された場所に置く。

たちまち湯気が立ち昇った。運んでる間に少し冷めたはずなのにまるで出来立てのように、いきなり強くなった湯気に、あたしは目を見開く。

あたしがおずおずと下がると、箱がいきなり浮き上がった。かと思ったら、中に入っていたものがひとつ残らず消えてしまったのだ。あたしは思わずペタンと尻餅をついた。

ここに大神様がいたらしい。あたしには見えなかったけれど。

空っぽになった桐箱を見て、ようやく神様たちは音楽を止めた。

「皆のもの、御殿に戻るぞ。もうじき雨が降る」

白神様はそう言うと、こちらに振り返った。

「料理番殿、大儀であった」

「ええっと……はい」

神様たちはぞろぞろと御殿へと退去していき、残った楽器は泡が包んで運んでいく。あたしは呆然と見送っていた。

ええっと……このままあたしも帰っていいんだよね。

そう思っていたとき。鼻の頭にちょんっと冷たいものが乗った。

「あ」

神様たちが撤退したのと同時に、空が暗くなることもなく、晴れる訳でもなく、霞がかったまま、霧雨のような雨が降り始めたのだ。

細かい雨を見ながら、あたしはほっとひと息ついた。

これでずっと具合を悪くしていた氷室姐さんも元気になるだろう。現世の猛暑も少しはましになるだろう。御先様も夏越の祓に間に合うだろう。

御先様との話し合いだってまだできてないし、花火やころんとだって仲直りできてない。やらなきゃいけないことが多過ぎる。けど、ひとまずあたしはほっとした。

つくづく目の前のことで精いっぱいで、要領よく立ち回れない自分の不甲斐なさに、溜息ばかりが出る。

雨に打たれて頭を冷やしながら、今後の身の振り方について考えることにした。

第五章

帰るとなったらすぐだった。

帰る際、お裾分けということで、京都のお供え物が大量に配られた。普段のあたしなら喜んで中身を覗き見るところなんだけれど、疲れ切ってしまって、牛車で丸まって眠るしかできなかった。柊さんには挨拶できたけど、傘小僧にお礼を言ってる暇がなかったのが残念だった。あたしのわがままにも付き合ってくれたのに。カンカン鳴らして歩く音がもう聞けないのが少し寂しい。

牛車の中でも花火は未だに膨れっ面だし、ころんも他の鍬神に混ざって作業に入ってしまい、なかなか話ができないでいる。それに御先様に会いたくても、夏越の祓の準備があるらしく、ちっとも見つけることができないから、話ができずじまいだった。

見かねたのは、あれだけ具合が悪そうだったところから雨が降ったおかげで復活を遂げた氷室姐さんだ。

「ああん、なんだいなんだい。あんたたち。雨乞いが無事成功したっていうのに、まるでお通夜じゃないかい。なんかあったのかい？」

「氷室姐さん……」

あたしは、どうにか身を起こして氷室姐さんと目を合わせようとするけれど、氷室姐さんは「寝たきゃ寝といたがいいよ。あたしだって、行きはずいぶん情けない姿を見せたしねえ」と言ってくれる。

氷室姐さんも反対するのかなあ……あたしはそう思いながら、今回京都であった話をする。

「あの、氷室姐さん。今回、あたし京都の神域で、神饌をつくってて、毎日毎日、現世の社にお供えを持っていってたんですよ」

「あらまあ……現世にお供えをしてくれていたのはあんただったんだねえ……」

「はい……それで、現世で料理人のおじいさんと知り合ったんです」

京都であったことを、思いつくままに話してみる。おじいさんの料理の腕がすごかったこと。あたしが元々したたかったこと。おじいさんが店に誘ってくれたこと。答えを保留にしたこと。御先様のこと……。

全部話すと、氷室姐さんが呆れ返ったような顔をして言った。

「ああ……だからこいつらが拗ねて反対したってんだねえ……あんたたちも情けない。普段からしょっちゅう人間の見送りなんてしてただろうが。りんだけが特別ってことはないさね」

氷室姐さんのばっさりとした言動に、花火ところんは抗議の声を上げる。

「だって！　りんがいなくなったら、もうりんのごはんがたべられなくなるんだぞ！」

「りんいないのさびしい！」

「あんたたちねえ……人間とあんたたちがずっと一緒にいられる訳ないじゃないかい。死人じゃあるまいし、りんは生きてるだろ」

花火ところんの抗議の声も、氷室姐さんはばっさりと切り捨てる。本当なら味方になってくれてすごく嬉しいはずなのに、複雑に思ってしまうのは、あたしが柊さんに聞くまで知らなかった神域ルールのせいだ。

「正直に言うと……あたしは本当に、おじいさんの誘いが嬉しかったんです。あたしは元々料理で身を立てたかったんで、もし神隠しに遭う前だったら、喜んで飛びついていたと思うんですけど。ただ」

「なんだい？　答えが決まってるのに、あんたらしくもなくずいぶんと歯切れが悪いじゃないか」

「あたしだっていっつもいっつもきっぱりと答えられる訳じゃないですよ」

あたしは恐る恐る聞いてみる。

「京都の神域で、教えてもらったんです。神域と縁が切れたら、神域での出来事を忘れてしまうって」

「あー……」

氷室姐さんはなんとも言えない声を上げる。それでずっと悩んでるのに、そんな声を上げられたら余計に不安になる。そう思いながらも、あたしは言葉を続ける。

「困りますよ。神域で教わったことも学んだこともやってみたことも、出会った人たちのことも全部、忘れたら困ります」

「そりゃ嬉しいこと言うねえ。神域でのことを忘れたくないなんて。でもねえ……」

あたしの言葉にも、氷室姐さんのドライな態度は変わらなかった。

「現世と神域って、近くて遠いところだからねえ。似たような姿形をしていると、ついつい仲間になれたような気がする、仲良くなれたような気がするし、実際にあたしだってあんたのことを気に入ってはいるさね。でもねえ、どちらかがどちらかの垣根を越えるってのは、やっちゃいけないことだってあたしは思うよ？　人間が神を好き勝手にしちゃいけないし、神は気に入ったからといって人間をさらっちゃいけないってねえ。まっ、御先様のことは本当に特殊な事項だったからねえ」

そう言われて、あたしは俯いた。

出雲でも、伊勢でも、今回の京都でも、いろんな人たちが言っていた。人間がずっと神域の料理番でいることが珍しい、神隠し自体が珍しいって。

あたしが黙り込んでいると、氷室姐さんが続ける。

「まあ、いきなり知ったら混乱だってするだろうけどね。あんまり落ち込むんじゃないよ」

「……うん、氷室姐さん。ありがとうね」

「あんたには、ほんっとうに世話になったんだから、当然さね」

少なくとも、氷室姐さんは味方だと言ってくれた。それにほっとしていたところで、簾越しから見慣れた風景が見えてきた。

普段は霞がかっている神域全体に、霧雨が降り続けている。それで花園の花々も全体的に濡れている。御先様の神域で雨を見るのは初めてだった。それらを見てほっとしていたら、御殿に帰り着いた。多分、もう御先様はとっくの昔に到着して、夏越の祓の準備に取りかかっているだろう。

あたしがのそりと降りようとしたところで、氷室姐さんが言う。

「当分そいつは話を聞いてくれないだろうから、ここに置いていってやっと合体させるのはしばらくやめておあげ」

そう指差した先で、花火は不貞寝してしまって、ちりとりの上の薪を抱きかかえていた。多分狸寝入りだ。

「あたしは、花火にもちゃんとわかって欲しいよ」

そう言ってちりとりを軽くつつくけれど、花火はぷいっとそっぽを向いてしまっていた。完全にへそを曲げてしまっているから、しばらくはうちの小屋の囲炉裏《いろり》にいてもらうしかない。

牛車が停まり、皆がせっせとお裾分けを運んでいくのを眺めながら、あたしも降りた。出迎えてくれた烏丸さんは、大きな蓮の葉っぱを傘にしていた。牛車から降りてきたあたしを見て、片手を上げた。

「お帰り。京はどうだったかい？」

「ただいまー。あの、烏丸さん。帰ってきて早々なんですけど、人生相談をちょっといいでしょうか?」

　あたしの言葉に、烏丸さんはきょとんとする。

「どうしたどうした。お前さんが相談持ちかけてくるとは珍しいな。京でなにかあったか?」

「あたしだって悩んだりしますよー。いつだって能天気な訳じゃないです」

「ははは、すまんすまん。お前さんだって人間だもんな。ずっと一緒な訳がないか」

　烏丸さんがそう言ってくれたので、あたしは「ちょっと荷物だけ置いてきます!」と花火を雨から庇《かば》いながら荷物と一緒に小屋へと向かった。

　花火には小屋の囲炉裏の中に入ってもらう。花火はぷくーっと未だに膨れたままだ。

「かんきんか?」

「そんなんじゃないってば。ちゃんと仲直りしたら、勝手場に連れてったげるから。ねっ?」

「うー……」

　花火は抗議のようにパッチンパッチンと火花を出す。あたしはそれに申し訳なく思いながら、小屋を出て、烏丸さんの元へと出かけていった。

　烏丸さんは小屋の近くで待ってくれていた。烏丸さんは空を仰いで雨が降っているのを眺めていた。

　雨乞いの儀式のあとから、ずっと霧雨が降り続いている。

「神域でも雨って降るんですねえ……あたし、雨乞いしてくるまで、ここでも雨が降るもんだとは思ってもいなかったんですけど」

あたしはそう納得して、烏丸さんの隣に立つと、烏丸さんは笑って歩き出した。あたしはそれについていく。

「ははは、神域だって草木はあるしなあ。うちにだって田畑があるだろ」

そう言いながらあたしの歩幅に合わせてくれるのをありがたく思いつつついていく。

「どこに行くんですか？」

「人生相談だからなあ、あんまり付喪神がいないところがいいだろ。御先様は今、夏越の祓を執り行ってるから、しばらくは本殿奥にいるだろうが」

ああ、やっぱり帰って早々にやるんだ。

烏丸さんは御殿の脇を歩いていく。そういえば、こんなところを歩いたことはほとんどない。御先様の神域には、まだあたしの知らない場所が多い。

しばらく歩いていったら、細かい雨が当たらなくなってきた。木々に遮られて、ちょうど屋根のようになっているのだ。苔むした岩があちこちと転がっていて、幻想的な光景だ。小道を歩くとその先に、小さな掘っ立て小屋があった。茅葺《かやぶき》屋根で。あたしや兄ちゃんが使っている小屋よりももっと雑なつくりになっている。

「あそこ……ですか？」

「ああ。俺の小屋だなあ。普段はあっちこっち行っているから、寝るためにしか使ってないが」

神域にいて、初めて烏丸さんがどこで寝てるのか知ったぞ……。てっきり御殿のどこかだと思ったのに、こんなところで寝てるなんて思いもしなかった。

「御殿で寝ればいいじゃないですか……御先様に言ったら部屋のひとつくらい用意してくれますよ」

「そうは言ってもなあ。御先様は神域の主だから、あそこで眠る許可が取れているが、俺は神域の管理はしていても、ここの主じゃないからなあ」

「また面倒臭い神域のルールですか……」

「ははは、お前さんは本当に神域の決まり事が苦手みたいだなあ。さあ、入ってくれ。ここなら、付喪神もほとんど寄ってこないから、立ち聞きされる心配もないだろ。ついでに、御先様の耳にも入らないはずだからな」

たしかにこの辺りは御殿と離れているせいか、御殿の面倒を見る付喪神たちはいないみたいだ。御先様は直接言ってもいない話を何故か知っていることからして、どこにいても聞く方法はあるらしいんだけど、それがここだと及ばないというのに、ちょっとだけ気が楽になる。

あたしは「お邪魔しまーす」と言いながら、中に入った。

あるのは文机に棚。囲炉裏。床は板の間。畳すら敷いてないのに絶句していたら、烏丸さんは座布団を持ってきて、そこに座るように勧めてくれた。

言われるがまま座ると、烏丸さんは火打ち石で囲炉裏に火を付け、鉄瓶でお湯を沸かしはじめた。湯飲みを用意しながら、自分もあぐらをかいて座る。

「さて、それじゃあお前さんの話を聞こうか」

「はあ……本当になにからなにまですみません。あの、この話はまだ御先様には相談できていないんです。あたし、神域の外でやりたいことが見つかったんですが……」

烏丸さんは鉄瓶でお茶を淹《い》れながら、こちらのほうを目を瞬かせて見てくる。

「お前さん、いつもいつも本当に唐突だなあ。京で見つけたのか？」

「実は……」

あたしは京都であったことをかいつまんで話した。

京都で、雨乞いの儀式のために現世の社にお供えをずっとしていたこと。ひょんなことから、京都で料理人をしているおじいさんを助けたこと。そのおじいさんの店を手伝ったこと。おじいさんの店に誘われたけれど、返事は一旦保留にしてきたこと。

烏丸さんが湯飲みをあたしに出してくれるのを受け取り、あたしは掌を温めるようにして湯飲みを持つ。烏丸さんは自分の湯飲みを傾けながら、あたしの話を頷きつつ聞いてくれた。

「そこまで心が決まってるんだったら、俺は止めはしないし、御先様の説得にも協力するぞ？　まあ、あの人のことだから、お前さんがそう言ったら止めないと思うけどなあ」

「そんな簡単に言いますか……花火ところんには一斉に反対された挙げ句に、料理づくりの手伝いもボイコットされましたよ……」

「まあ、あのふたりは特にお前さんに懐いてたからなあ」

「それに……」

一番気になっていることを切り出してみる。

「柊さん……知り合いのあっちこっちの神域で料理番してる人ですけど……が言ってました。神域と縁が切れたら、神域内で起こったことは全部忘れてしまうって。だから困ってるんです。この話、氷室姐さんや兄ちゃんにもしましたけど、全然答えが見つからなくって……」

現世で料理を学びたい。調理学校で学んだとは思っていたけれど、あたしには技術も知識もまだまだ足りない。いろんな料理人さんに会ったりトラブルに遭遇したときに、つくづくそれを痛感した。

神域にいたら、あたしの成長も頭打ちだと思った。だから挑戦したいと思った。でも、ここを出て行ったら、ここでの出来事を忘れてしまうかもしれない。そう思うとなかなか踏み出すことができない。軽々しく出て行きたいと言えない。だから困り果てているんだ。

烏丸さんは湯飲みを床に置いてから「なるほどなあ……」と腕を組んだ。

「お前さんの話はだいたいわかったが、別にそこまで悩むことでもないと思うがなあ。お前さんは神域での出来事を忘れるかもしれないと思っているが、お前さんと御先様は昔からの縁で結ばれているからな。ここに初めて来たときだってお前さんは忘れていたけれど思い出せただろう。記憶を取り出せないだけで、忘れることはまずないだろうさ」

それって。あたしが小さい頃、豊岡神社で御先様と出会って、あの人においしい料理を食べさせると約束したことだろうか。

それはあたしが料理をつくりたい、料理で身を立てたいって思ったきっかけの大事な記憶だった。どうしてこんな大事なこと忘れてたんだろうと思っていたけど、神域のルールだとしたら、なんとなく説明がつく。

烏丸さんはやんわりと言葉を続ける。

「それに書いたものが消える訳じゃない。お前さん、帳面にさんざん献立のことを書いているだろう。書いたものまで消える訳じゃないんだ。神域で得た知識を全部手放す訳じゃない」

「あ……」

それにあたしはビクンと肩を跳ねさせた。

あたしは、料理の献立は全部手帳に書き込んでいた。こんな料理をつくった、こんな献立を組み立てた、それらは全部書いている。書いたものが全部消えないのなら。でも。

それって、御先様や烏丸さん、氷室姐さんや海神様、花火やころん……ここで出会った人たちを忘れない保証にはならないじゃない。

「……それでも、あたし。皆のこと忘れたくないです」

あたしの言葉に烏丸さんは穏やかに笑う。

「うーん。大丈夫だと思うがなあ。お前さん、御先様から贈り物をもらっているじゃないか。貝紅の中身が消えたとしても、貝を失くさない限りは、そう簡単に忘れるもんじゃないぞ？」

「えっ……！」

あたしは御先様から誕生祝いで、貝紅をもらっていた。

なかなか化粧する機会がなくってしまいっぱなしだったけれど、あれがあったら、忘れることはないのか。それなら。

あたしはようやく「はあ～……」と息を吐き出した。

「なんなんですかあ。あたしが悩んでたの、全部徒労だったんですかあ……」

そうぐったりと言うと、烏丸さんが「ははは」と笑う。

「贈り物をもらったのだって、あれは偶然が偶然を呼んだ奇跡だろう？　あの人が贈り物をするなんてことは滅多にないんだ」

「あたし、別に大したことしてないですよ。単純に誕生日なんです、誕生日にはプレゼントをするもんなんですって教えただけです」

「それでも。奇跡に近いだろうさ。さて、これでお前さんの悩みはあらかた片付いたかい？」

一応、あたしの一番の悩みは、これで解消されたんだけれど。

気になることはもう一点あった。あたしが今まで朝餉と夕餉を出していたのに、あたしが現世に戻ったあとは、ここでの食事は、現世の豊岡神社にお供えされているものだけになるんだよね。

「あの、あたしが出て行っても、ここでの食事、本当に大丈夫なんですよね？」

念のために確認すると、烏丸さんが笑って頷いた。

「問題ない。豊岡神社は今年も神社に人が来るようになったし、お供えも充分にされているから、食事の心配はない。もしどうしようもなかったら、畑にあるものを皆で食べればいいだけさ」

「……よかった」

あたしはようやく烏丸さんが淹れてくれたお茶を飲みながら、ひと息つく。

「あとは皆の説得をしないと、ですね」

烏丸さんは眉を下げながら頭を掻く。

「すまんなあ。本来は付喪神は、別れには慣れているはずなんだが」

「いえ、ちゃんと話せばわかってくれると思うんで。あの、烏丸さん」

「なんだ？」

あたしは烏丸さんに、思いっきり深く、頭を下げた。

「ほんっとうに、ありがとうございました。あたしを、神隠ししてくれて」

この人があたしを神隠ししてくれなかったら、なにもはじまらなかった。

普通に調理学校に通って就職したとしても、成長できたのかどうかはわからない。もしかしたらどこかで心が折れていたかもしれない。ここでの経験がなかったら、今のあたしになれたかどうかの保証なんて、どこにもないんだから。

あたしがつむじを向けている中でも、烏丸さんは飄々とした態度を崩さない。

「……お前さんの状況を全部無視してさらったもんに言う言葉ではないと思うが」

「それでも。烏丸さんがここに連れてきてくれなかったら、あたしもっと勉強したいって思わなかったと思うんです。専門学校を卒業すれば、たしかに調理師免許は取れますけど、そこで満足してましたから。あたし、それだけで妥協したくないです。もっと勉強して、もっといろんな料理をつくって……もっと、いろんな人から『美味い』って言葉を聞きたいですから」

あたしは頭を更に深く下げた。烏丸さんはいつもの調子でゆったりと答えた。

「それは、俺にじゃなくって御先様に言ったほうがいい」

あたしは顔を上げて笑って頷いた。

「はい、絶対に伝えます」

＊＊＊＊

勝手場に行って鍬神たちに、京都からのお裾分けの内訳を見せてもらう。

この辺りでは滅多に手に入らない京野菜がたくさん。味噌漬けとか、壬生菜《みぶな》漬けとか。

水茄子も入ってたけど、これは漬け物にしたほうがいいかも。

かまどで花火の半分が不思議そうな顔でパチンパチンと火花を散らしている。

「りんー、おれはいないのかい？」

きょとんとした顔をしているので、あたしは慌てて手を振る。

「今ちょっと話し合い中なの。終わってから合体させるから、もうちょっと待っててね」

「おーう？」

こっちの花火は、あたしがもうひとりの花火と揉めている最中だということは知らないから、わからないまま返事をしてくれた。

ころんも見当たらないし、どうしよう。帰りたい理由とか忘れないって烏丸さんに言ってもらえたこととか、ちゃんと伝えたいのに。うーん。

あたしは何気なく花火に聞いてみる。

「ねえ、花火ぃー。あんたってなにを食べるのが好き？」

聞くと、花火はポッポと火花を散らしながら答える。

「りんのごはん」

「うん……ありがとね。そうじゃなくって、なにが好きか。なにが一番食べたいかって。そういうのないかな？」

「うーんと？　りんがいっつもつくってるのはみさきさまへのごはんだろう？　みさきさまへつくるごはんのまかないは、なんでもうまいぞ？」

「そっかあ……」

花火の好きなご飯をつくってご飯食べながら話し合おうって思ったんだけれど……、あたしはもう一度京都からのお裾分けの内容を確認する。

他にもらってきたのはうちの神域ではまずつくれない絹ごし豆腐。湯葉も付いている。京漬け物に、抹茶。京都の抹茶は高級品だ。現世でだってほとんど飲んだことがない。

これらをどうしたら、おいしく食べられるかなあ……はっきり言って、そのまま食べても充分おいしいはずだ。それは伝統を重んじながらも、現代に残るように洗練していった結果だろうな。

うーんうーんと考えた結果、とりあえず出汁をつくることにした。昆布を水の張った鍋に浸して、火にかける。

「きょうのおすそわけはずいぶんごうかだなあ」

それをかまどから見上げていた花火が言うので、あたしは「ねー」と答える。

お米も研いで釜に入れ、それを花火に頼んで炊いてもらう。

その隣で、あたしはもらってきた野菜を調理する。持ってきたのは、茄子にからし菜に万願寺唐辛子。茄子はヘタを取ってから薄切りにする。万願寺唐辛子とからし菜は食べやすく筋やヘタ、茎を取っておく。それらの野菜に薄く小麦粉を付けたら、鍋に油を温めて揚げていく。

揚がるまでの間に、塩と抹茶を混ぜておいた。それを見て花火は首を傾げる。

「なんだい、それ？」

「抹茶塩。素材がいいから、これだけで充分おいしいはず。普段はまず抹茶が手に入らないから、天ぷらを抹茶塩で食べることなんてできないんだけどねえ」

白身魚があれば天ぷらにして抹茶塩でいただいてもおいしい。

昆布の出汁を温め、醤油で味を付ける。味見しながら出汁の具合を確認してから、さいの目に切った絹ごし豆腐を落とした。シンプルに出汁と豆腐だけの澄まし汁にしよう。

最後に味噌漬けを焼く。今回もらってきた味噌漬けは鰆だ。七輪を取ってきて、両面をじっくりと焼く。

小皿には京漬け物を開けて盛る。蕪《かぶら》の千枚漬けに柴漬け、壬生菜漬け。手作りしたくてもなかなかできない逸品だ。あたしはそれらを盛り付けながら「はあ……」と息を吐いた。

ご飯、鰆の味噌漬け、京野菜の天ぷら、香の物、豆腐の澄まし汁。

出来上がったものをお膳に乗せて、あたしは運んで行った。

庭に視線を移せば、まだ雨が降っている。これ、いつ止むんだろう。

そうぼんやり思ってたら兄ちゃんが来た。兄ちゃんはお膳の上のものを確認すると、目を瞬かせる。

「おお、京都のお裾分けか、それ。すげえなあ……」

「あたしがつくったものもありますよ。お裾分けばっかり見てたら拗ねるから」

「悪い悪い。でも珍しいなあ、こんなにお裾分けばっかりでつくるなんて思ってもいなかったけれど」

「うーんと、まずはお裾分けを皆で食べたいって思ったのがひとつで。もうひとつは、話がしたいからなんだよねえ」

「ふーん？」

「話したい人がいっぱいいるしねえ。御先様に、花火に、ころん。それに近所の海神様にもお世話になったからお話に行きたいし」

あたしは廊下を歩きながらそう言うと、兄ちゃんも頷く。

やがて広間の前に辿り着き、襖の前に座る。

「御先様、食事をお持ちしました」

しばらく経ってから、声が返ってきた。

「入れ」

元気そうな声にほっとする。あたしが昼間にバタバタしている間に、夏越の祓は無事終了したみたいだ。

「失礼します」

あたしはいつもの調子でお膳を並べる。兄ちゃんが銚子でお猪口にお酒を注いでいる中、あたしは「あのう……」と声を上げる。

御先様がこちらのほうをじっと見た。

「なんだ？」

相変わらずだなあ。

あたしはそう思いながら口を開いた。

「……申し訳ありません、夕餉が終わったあとで、お話があるんですがよろしいでしょうか？」

「今は申せぬ話か？」

「あの、その前に片付けたいことがありまして、それを済ませてからでないと話せないというか。御先様をついでって思っている訳じゃなくって、順番がありまして」

「昼間に烏丸の小屋でしていた話か」

そう言われて、あたしは「ひぐっ」と喉を鳴らした。本当に神域内のことは全部把握している……。でも烏丸さんの小屋の中だけは例外的に治外法権らしい。

あたしは恐る恐る御先様のほうを見た。相変わらず表情は乏しいものの、機嫌は悪くなさそうだ。機嫌が悪かったらもっとピリピリしているし、それこそ京に呼び出されたときのほうがよっぽど機嫌がわるかったと思う。

御先様はあたしが出したお膳を眺めながら「そうか」と言った。

澄まし汁をすすり、鰆の味噌漬けをひと口大に切りながら頬張り、お新香をパリポリと音を立てて食べて、白米を摘まむ。全部を綺麗に平らげるのを見届けてから、あたしはお膳を片付けて、御先様に言う。

「それでは、のちほど伺いますから」

「そうか」

頭を下げてから、あたしたちは勝手場へと急ぐ。兄ちゃんはあたしの申し出になにも言わなかった。

「お前、今晩中に付喪神たち説得できんのかよ。あいつら無茶苦茶頭固いぞー。可愛いのは見た目だけだからな」

「わかってるよ。そんなこと。でもやるの」

あたしは勝手場で洗い物を片付けてから、兄ちゃんにあれこれと指示をする。

「そこにお新香あるから、ご飯に乗っけて食べて。澄まし汁残ってるから、それでお茶漬けにしてもいいし。それじゃああたしもころん探してくるから！」

「おーう、気を付けろよー」

兄ちゃんはさっさとご飯をよそい軽くしゃもじを振る。

「ありがとう！」

あたしは花火に手伝ってくれた対価として、お新香入れて握ったおにぎりをあげてから、何個かおにぎりを皿に載せた。それに上から布巾を被せて勝手場を出た。

兄ちゃんなら勝手に食べてくれるだろうし、烏丸さんに賄いも出してくれるだろう。

畑を見てみたけれど、既に暗くなってる時間だから鍬神たちは見当たらない。だとしたら、氷室のほうにいるんだろう。多分ころんもだ。

霧雨の中、あたしは氷室へと向かう。氷室に近付くと涼しい風が吹いてくる。氷室姐さんも雨乞いのおかげで大分楽になったんだろうとあたしは勝手に頷いた。

「氷室姐さん、いますかー？」

あたしが氷室の奥にそう声をかけると、鍬神たちにあれこれと指示を飛ばしている氷室姐さんと目が合った。

「あらまあ。こんな時間にどうしたんだい？」

「あはははは……ころん知りませんか？」

「だってさあ。あんた、ずっと心配かけてるじゃないか。言いたいことあるんだろう？」

氷室姐さんはそう言って、自分の着物の裾のほうを見る。氷室姐さんの着物の裾を見たら、ころんが陰に隠れていた。あたしと目を合わせると「ぴゃっ！」と言ってこけてしまった。ああ、この子ってばまた。

「ころんー、大丈夫？　ほら立てる？」

「だいじょうぶ」

ころんはどうにか自力で立ち上がると、あたしのほうをじーっと見た。

兄ちゃんも言ってたし肝にも銘じているけれど、ついつい忘れがちなこと。付喪神はあたしたちよりもよっぽど長生きしているし、ただ可愛いだけのマスコットでは絶対にないってことだ。

あたしは気力を振り絞って、氷室姐さんに振り返る。

「氷室姐さん。ちょっと話し合いたいんですけど、場所をお借りできますか？」

「まあ外は雨降ってるしねえ。そこの洞穴だったら、あんまりあたしの冷気はとおらないからそこで話しておいで」

「ありがとうございます！」

あたしはそう言うと、ころんを肩に乗せて入っていった。

そこは野菜がたくさん積まれている。傷みやすい葉物野菜や果実は氷室姐さんの近くに置いてあるけどここにあるのは常温で保存できる茎野菜とかだ。

あたしたちはひとまず、空いている箱の上に座らせてもらった。あたしは「食べる？」と持ってきたおにぎりを差し出す。普段なら目をきらきらさせながら食べるのに珍しく手を出さず、ころんはじぃーっとあたしを見る。

さて、どうやって切り出そう。

あたしが神域を出たい、外でもっと料理をしたいっていうのはあたしの勝手であり、ころんからしてみたら身勝手な行動に見えるんだと思う。

「ころん、あたしがここを出て行く理由を話してもいい？」

言ってみると、ころんはこちらを更にじっと見てきた。

「いなくなったら、もうあえない」

「……うん、そうだね。あたしだって、ころんに助けてもらってずっと感謝してる。でもね」

あたしは必死で説明した。

普段はあたしの話に一番に賛成してくれている子たちだったから、余計に今回のことには、あたしの落ち度があったんじゃないかと思ったんだ。

「やりたいことができたの。神域ではころんや皆、御先様にご飯を出せるけど。あたしは、もっといろんな人にあたしのつくったものを食べて欲しいから……本当に勝手なのはわかってるけど、あたしの目標だから。ここじゃ、それはできないから」

ころんは考えるようにこてんと首を傾げてから、口を開く。

「なまえをくれたから」

「名前？」

「なまえ、だいじ。ころんは、ころんになった」

……そういえば。神域では基本的に名前は重要だ。神様も料理番も真名《しんな》で互いを呼ぶことはまずないし、烏丸さんはあたしが花火やころんに名前を付けていたのを知ったときには驚いていたように思う。

まさか……。

「だとしたら、名前を付けた相手がいなくなったらどうなるの？」

「ころんはころんじゃなくなる。ころんは、くわがみにもどる。やだ。さびしい。やだ」

あー……それかあ……あたしが軽はずみに名前を付けたのが原因だったんだ。あたしは頬を引っ掻きながら考える。

名前を付けたことに対して、間違った、失敗したなんてそこまで思っちゃいない。ただ名前があったほうがいいと思ったから名前を付けたんだ。でもこの子たちの気持ちをないがしろにしてしまったのはあたしがいけなかったんだ。

あたしは考えながら言ってみる。

「……ごめんね。ころんを寂しがらせるつもりは全然なかったんだ。それに、ころんはころんのままでいいと思うよ。御先様にも頼むし、烏丸さんにも頼む。名前はそのまんま、あたしの置き土産として大事にしてくれないかな」

「おきみやげ?」

「あたしがあんたにあげたものだから、お土産」

「ころんだけの?」

「そう」

再びころんは考える素振りを見せた。しばらく考え込んでから、ぽろっと大粒の涙を溢《こぼ》したのだ。この子が泣くのを初めて見た。って、泣かしたのはあたしか!?

「ちょ、ころん……どうしたの? あたし、また気付かない内に無神経なこと言ったの?」

「わからない。りん、おぼえててね、わすれないでね、だいじにしてね」

そう言ったことに、普段だったら全力で「うん」と言うところを飲み込んだ。

……神域でできない約束はしちゃいけない。できない約束をすれば死に至るから。烏丸さんは、あたしが御先様の誕生日プレゼントを持っている限りは、縁は切れないから神域のことを忘れることはないとは言っていたけれど、形あるものがずっと手元にある保証なんてどこにもない。

あたしはそれに返事することができずに、ただころんが被っている笠を撫でた。そして「ありがとう」とだけ言う。さんざん泣いたあと、ころんは、ようやくおにぎりに手を伸ばした。

「おいしい」「さびしい」「おいしい」「かなしい」

ひと口食べるごとにそう言って、おにぎりをむしゃむしゃと食べた。一個があっという間に消えたところで、あたしは後ろ髪を引かれるような思いで氷室を出て行った。

……さて、ころんの話は聞けたけど。問題は花火だよなあ。

花火のほうが料理番と付き合いが長かった上に、料理番のそれぞれの献立を覚えているくらいに情が深いし記憶力もある。あの子に「あたしはどうしても神域を出たい」と言ったところで、そう簡単に納得してくれるのかな。でも一番お世話になっているし、ちゃんと話して、笑顔でお別れしたい。

あたしはそう気を揉みながら、おにぎりを持ってあたしの小屋へと帰った。

小屋の囲炉裏の中では、花火が丸まってパッチンパッチンと火花を散らして眠っていた。まだ不貞寝の最中らしい。

「花火ぃー、ただいまー。まだ寝てるー？」

「んー……りん？」

パッチン。とまた火花が飛び散った。ようやく丸まっていた花火が大きく伸びをして起きる。

「なんだい？　りんがしんいきでるっていうなら、おれはまだはんたいだぞ？」

「あたしは賛成して欲しいよ。忘れる訳じゃないもの」

「でももうもどってこないんだろう？」

「んー……そうだねえ。あんたはさあ、いつも料理番さんにはそうなの？」

一応聞いてみる。花火はこの神域の料理番が出て行ったことも、もう二度も戻ってこなかったことも、全部見てきただろうから。

それに花火は「はあ……」と溜息をつく。

「おれはりんよりもずーっとながいきだぞ。みんなまごみたいなもんだ。いなくなったらそりゃさびしいぞ」

「……あたし、花火の中では孫認定だったんですか」

「りんはおれよりもずっととししただろうが」

そう言ってマッチ棒みたいな手を腰に当てられてしまった。腰がどこなのかは知らないんだけど。あたしは「そうだねえ……」と囲炉裏の近くにおにぎりの入ったお皿を置いた。まだ花火は手を伸ばす気配がない。

「あたしはさ、元々料理で生活したかったんだ。実家が食堂だっていうのもあるけど。うちの店にやってくるお客さんの『ごちそうさま』の言葉が好きだったから。だから、そんな言葉をもっと聞きたくなった。そのためには、まあ腕を磨かないといけないってわかったんだ」

あたしは囲炉裏の前に座って膝を抱え、花火を見る。花火はおとなしくあたしの話を聞いてくれているのにほっとしながら、あたしは言葉を続ける。

身勝手だよねえ。わかってる。あたしがやりたいからって理由で神域に残ったのに、あたしがやりたいからって理由で神域を離れようとしているんだから。そりゃ怒られてもしょうがない。

「……ここでも、たしかに御先様はご飯を食べてくれる。褒めてくれる。なかなか褒めてくれない人ではあるけど、それでもたまには褒めてくれる。でもあたしはそれだけだと物足りなくなっちゃったんだ。もっといろんな人にあたしの料理を食べて欲しいし、いろんな人に『美味しい』と言って欲しい。そう思ったところで、京都であたしを誘ってくれる人に会えた。渡りに船だったから、あたしはそれに乗りたいんだ。……本当にわがままでごめん」

そう一気に吐き出したところで、パチンパチンと火花が飛んだ。あたしが花火を見ると、花火は手を伸ばしておにぎりをもしゃもしゃと食べはじめた。

「うまい！」

そう言って一気に食べる。

「これでも、おれやここにいるれんちゅうじゃ、たりないかい？」

「……うん、ごめんね。もっといろんな人の声が聞きたいから」

「いずもとか、あっちこっちのかみさまにもほめてもらえたのにかい？」

「神様たちの意見だって、そりゃありがたいよ。神様に褒めてもらえるなんて、神域に来るまで知らなかったんだから。でも、それだけじゃやっぱり足りないよ」

「そうか……そうだなあ。うん。りん。わるいやつはいーっぱいいるぞ？」

「え？」

あたしは花火の言葉の意図がわからず、花火を見た。花火はパッチンパッチンと火花を弾けさせながらこちらを見上げている。

「むやみにやくそくをしたら、まもれなかったらしぬぞ？」

「うん。それは花火に何度も何度も止めてもらってるから、大丈夫」

「げんちはとられちゃだめだぞ」

「げんち？　ああ、言質かな。わかった。肝に銘じておく」

「りんはすぐにそうどうにまきこまれるからな。こまったら、ちゃんとまわりにそうだんするんだぞ」

「うん」

「それと……、ごちそうさま」

そこまで聞いて、あたしは思わず笑いが止まらなくなってしまった。花火はきょとんとしていた。散々笑ったあと、あたしは花火をちりとりに乗せると、まだ降り続く雨が花火にかからないよう、手で雨を遮りながら勝手場に戻った。

勝手場にいた花火は、首を傾げて戻ってきた花火を見ている。

「なんでかえってこなかったんだい？」

「はなしあいだぞ」

「そうかい」

花火たちは体をくっつけたあとに、ポンッと音を立てて元の大きさに戻った。

それを見守っていたのは、ずっと賄いを食べていた兄ちゃんだ。兄ちゃんはまだお茶漬けを食べていた。ずずっとすすりながらあたしのほうに振り返る。

あたしは兄ちゃんに向かって手を挙げる。

「それじゃ、御先様に話しに行ってくる」

「おう、行ってこい」

兄ちゃんはお茶漬けを一旦置くと、握り拳を上げた。

「うん！」

気合いを入れて、あたしは御先様のいる広間へと向かっていった。

広間の襖が、今はものすごく高く立ち塞がる壁に見えて仕方がない。

……一番お世話になった人で、一番お世話をした人なんだ。ちゃんと挨拶しないでどうするの。

あたしは襖の前で背筋を伸ばし、すうっと息を吸った。

「御先様。先程は失礼しました。お話があって来ました」

沈黙が落ちる。……御先様、留守？　それとも、もう眠ってしまったとか？　あたしは廊下で座り込んで途方に暮れたところで、ようやく返事が来た。

「入れ」

それにあたしは声を上げる。

「失礼します！」

礼のあとに襖を開けると、御先様は脇息にもたれながら広間の奥にある庭を眺めていた。

霧雨も大分落ち着いてきて、庭のほうになにかが光っているのが見える。普段神域で見かける火の玉にしては、ずいぶん小さいなあと思ったけど、その光はずいぶん淡い。そして揺らめく光を見ていて気が付いた。

蛍だ。

「うわあ、神域にも蛍っていたんですねえ。去年は蛍をゆっくり見ている暇はなかったと思います」

あたしは面白がって一緒に庭を眺めていたら、脇息にもたれていた御先様があたしの言葉をスルーして言う。

「して、何用だ」

こちらのほうに視線を合わせることもなくそう言うので、あたしは観念して、背筋を伸ばしたあと、御先様の前に座り手を突いて頭を下げた。

「……本当に突然のことで申し訳ありません。御先様に頼みがあります」

「ほう」

すっとこの場の空気が冷えた気がして、あたしはだらだらと背中に冷や汗をかいた。

この人は、最初会ったときはもっと神経質だったし、取りつく島もなかったと思う。最近でこそ、機嫌がいい日が増えたし、人間のことをそこまで悪く思わなくなったけど。やっぱり身勝手な行動と思ったら、やっぱり許せないって思うんじゃないかな。

その一方で、あたしは甘ったれたことを考えていた。

この人は言動は悪いものの、そこまで悪い人じゃない。多分、この人はあたしの話をちゃんと聞いた上で、答えを出してくれる。いっつもそうだったから。

「……この神域からお暇《いとま》をいただきたいと思います」

そう、頭を下げたまま、言ったのだ。

間章

我の神域に戻ってからというもの、この子はやけに深刻な顔で烏丸の元に出かけたり、付喪神と諍《いさか》いを起こしたり、不可思議なことばかりしていた。

夕餉を食べているときも、見てみれば、この子はずっと深刻な顔であった。

なにかあったのだろうかと思っていたら、夜に話があると言う。

蛍を眺めながら待つことしばし、我の元までやって来た途端に手を突いたのだ。

「……この神域からお暇をいただきたいと思います」

その言葉を耳にした途端、我はどう捉えるべきかと、この子のつむじばかりを眺めていた。

「面《おもて》を上げよ」

そのひと言でこの子は顔を上げる。

ずいぶんと考え込んでいたようで、眉間には皺がくっきりと寄っている。

「急な話だな。順序だてて説明せよ」

「……はい。あたし、御先様もご存知のとおり、現世の京都で会った料理人さんの手伝いに行っていました。本当にすごい料理人さんで、手伝いに行っている間、ずっとそこで勉強させてもらっていました。その料理人さんに誘われたんです。その店で働かないかと。

すごく嬉しかったんですが、あたしも迷いました」

　この子はどうにも、妙に人に好かれる性分だ。大方現世の料理人もこの子に絆《ほだ》されたであろう。その上この子は、情が深いところがある。

　この子は続ける。

「京都の神域の料理番さんに教えてもらいました。神域での出来事は、神域と縁が切れたら忘れるって。あたしは、忘れたくないです。ここであったこと。全部が全部いい思い出だった訳じゃないですけど、全部が全部悪い思い出でもなかったんで。これを忘れるのだけは嫌だって思ったんです」

「……それが迷っておった理由か？」

　我の言葉に、この子は頷いた。

「……でも誕生日に贈り物をもらったので、多分忘れないだろうって、烏丸さんが教えてくれました。それに。あたしが迷ったり悩んだのはそれだけではありません。あたしがここを出たら、御先様はどうなるんだろうかとか。この神域を出て行ったらもうここの人たちとは二度と会えないんじゃないかとか……今まで手伝ってくれた子たちとも喧嘩をしましたし……本当に相談が遅れました、申し訳ありません」

　この子が再び手を突きそうになったので「そのままでかまわぬ」と伝える。

　いつまでも童《わらし》な訳ではない。この子の幼い頃を知っていると、どうにも年についてわからなくなるが、そういえば、年で言えば、既に元服している頃かと今更思い至る。

「そちが料理をつくる理由はなんだ？　申してみよ」

我がそう言うと、この子は少しばかり視線を伏せてから、ようやく口を開いた。

「人から、『ごちそうさま』と言われたいからだと思います。料理をつくるのは、栄養のためとか、体にいいとかもありますけど、なにを食べても味気ないっていうのが一番よくないことだと思います。だから、おいしいと思える料理をつくって、心からそう言ってもらえる料理をつくりたい。あたしはそう思っています」

思えば。

この子がこの神域を訪れたばかりの頃は、右も左もわからぬ中で、あちらこちらを駆けずり回って料理をつくっていた。

ただ料理を型通りにつくったとて、我は味がわからぬ。あの時はなにを食べても砂を噛んだようにしか思えなかったが。この子の料理は久々に味のあるものであった。

それを我以外の他人にも振る舞いたいと思うのは、成長なのか、強欲なのかは、我は知らぬが。この子の願いは肯定するべきであろう。

「……出て行《ゆ》きたくば出て行くとよい」

「え……？」

「何度も言わせるでない。出て行きたくば出て行くとよい。特に期限は設けぬ。荷物をまとめ次第、出て行くとよい」

この子はきょとんとした顔をしたあと、もう一度こちらに手を突いて頭を下げた。

「……本当に、今までお世話になりました……！　あの、最後になんですが、お願いがあるのですが」

「申してみよ」

「……もうすぐ、暦の上では七夕のはずなんですが、七夕って霞は晴れないんでしょうか？」

そういえば、そうであったか。

この神域は年に一度しか晴れることがないが、何事にも例外は存在する。

「はい！　皆で外で食事をできたらいいなと思ったんですが……駄目でしょうか……？」

「七夕に晴れればよいのか」

この子は季節を大切にする性分らしい。

花見も、紅葉狩りも、正月も大切にしていたように思う。七夕をしたいと思うのは当然のことなのかもしれぬ。

「好きにせよ」

そう言った途端に、何度も何度も頭を下げるのだ。

「ありがとうございます！　盛大にしますので、楽しみにしてください！」

「……そうか」

七夕は、元々は笹の節句だ。それが気付けば外《と》つ国の話と共に根付いて、この国でも祝われるようになったものだ。

晴れればよいのか。

あの子が何度も何度も頭を下げて出て行ったのを見届けてから、どうしたものかと庭を眺めた。蛍はまだ瞬いている。

第六章

七夕。

朝起きると神域に帰ってから降り止まなかった霧雨が止んでいた。

湿気でもっとむわりとした空気になると思っていたのに、意外とすっきりとした空だ。

あたしは海神様の神域に、最後の出汁の材料をもらいに来ていた。あたしが神域を離れることになった旨を伝え、今までお世話になったお礼を言うと、海神様は目を細めて笑った。

「そうかそうか、りん殿の新たな門出なのだから、むしろこちらが祝わねばならぬなあ」

「いえ。あたしが勝手に残って、勝手に出て行くんで、そういうのは別にいいです。でも七夕をやりたいって思ってたんですけど、意外と具体的なことって知らないんですよね。どうすればいいんでしょう？」

七夕をやろうと意気込んだのはいいものの、七夕そうめんを食べて、笹飾りに願い事を書く日っていうのくらいしか思いつかない。それに海神様は笑って教えてくれる。

「元々、日《ひ》ノ本《もと》では七夕というのは笹の節句で、大昔からそうめんを食べる日だ。強いて言うなら、供えた夏野菜も食べる日であろうか。だからそう堅苦しく考えることはない」

「ええ。びっくりしました。節句っていうと、正月とか子供の日ばっかり思いついて、もっといろんなことが決まってるのかと思ってました」

「ふむ。正月の神饌は一番豪華なものだからな。あれと他の節句の神饌を一緒にする必要はない。どのみち、御先殿なら七夕をするというだけで喜ぶであろう。あまりりん殿が堅苦しく考える必要もあるまいよ」

そう言いながら、兄ちゃんのお酒と引き換えに、今回もたっぷりと昆布をくれた。これと貯蔵庫にある鰹節で、おいしい麺つゆがつくれるかな。

「本当に、最初から最後までお世話になりました！」

あたしが頭を下げると、海神様はころころと笑っていた。

「うむ。わらわも久々に人間と話ができて楽しかったからな。なにぶん、昔ほど霊感を持ち、我らの存在を感知できる者も少なくなった。いささか寂しく思っていたのだよ。現世の京に着いても壮健に暮らすといい」

「ありがとうございます……！」

あたしは海神様に何度も何度も頭を下げてから、彼女の神域を後にした。思えば。神域に来ていろんな神様に会ったけれど、最初から最後まで優しく親切な神様って彼女くらいだったからなあ。

潮の香りを名残惜しく嗅ぎながら、あたしは元来た道を帰っていった。

＊＊＊＊

朝餉を出したあと、あたしは最後の食事の用意をしようと思って、鍬神たちに手伝ってもらうことにした。

「あのさあ、川には水が流れているでしょう？　あれみたいに竹を川に見立てて水を流したいんだけど……できる？」

あたしはこんなものという具体的な絵を、手帳に書いて見せると、鍬神たちが興味深そうな顔でそれを見て、顔を見合わせる。

「ししおどし？」

「ええっと、ししおどしって、水が流れるとカッポンと鳴るやつだっけ？　うん。それに似てるけれど、水が流れるだけで、途中で音を鳴らさないの」

また顔を見合わせると、鍬神たちはこっくりと頷いて、なにやら物置から取ってきた。取ってきたのは鉈《なた》で、それを持って花園まで歩いていく。あたしはなにをするんだと慌てて付いていくと、花園の端っこに着いた。そこに竹が生えていた。

「はあ……この辺りって竹が生えてたんだねえ」

「ちょっとだけ」

竹藪になるほどでもないけれど、竹が隣接して生えている。鍬神たちは辺りをきょろきょろと見回し、一本の長い竹に狙いを定めて、鉈をぶんっと振り回した。

たちまち、竹が一本倒れ、それを皆で受け止めて鍬神たちは歩きはじめた。

庭に持って帰ってくると、竹を半分に割る。半分はそのまま使い、もう半分は細かく切って台を組みはじめた。思っているよりもしっかりとしたつくりに、あたしは感激してそれを眺めていた。

「すごい、ありがとう。皆！」

「まかないください」

皆が一斉に言うので、あたしは首を縦に振る。

「うん！　今晩の七夕に間に合うようにするから！」

そう言うと皆は次々と手を叩く。あたしは、もう一度ありがとうと言って、勝手場に急いで帰った。

勝手場には兄ちゃんが来ていた。

「とりあえず烏丸さんから御座《ござ》もらってきたから、これを敷いて来ようと思うけど。しっかし、七夕なあ……」

「うん、最後に無茶なお願いかなと思ったけど、せめて天の川を眺めて食事くらいはしてもいいかなと思ったの」

普段御殿にいる付喪神たちは、今日は勝手場に集まり笹の節句らしく笹飾りを持ってきている。

海神様からもらってきた昆布は、早速水に浸して置いておく。これで麺つゆをつくる予定だ。そうめんは京都のお裾分けを使わせてもらう。

さすがにそうめんだけでは味気ないから、他のものもつくろう。

ひとまずもち米を洗って水で浸しておく。続いて干しきのこを水で戻し、にんじんと一緒にさいの目切りにしておく。ごぼうはささがきにして水にさらしておく。薄揚げはお湯をかけて油抜きをしてから、こちらは角切りにしておく。

次に、夏野菜の準備。今回使うのは、瓜、かぼちゃ、茄子。それぞれ薄切りにする。

干しきのこ、にんじん、ごぼうを油で炒めてから、それに水、醤油を加えてよく煮る。しっかりと味がついたら、もち米の水を切って、炒めた野菜と混ぜ、それらを笹に広げて、包む。鍋に水を張って、その上にざるを乗せ、その上に笹に包んだ米を入れて蒸し上げる。

花火はかまどの上を見ながら聞いてくる。

「ささにつつんでむすのかい？」

「うん、ちまき」

蒸し上げている間に、麵つゆを仕上げよう。

昆布を浸していた水を火にかけて、全体的に香りが出たら、昆布を取り除く。削った鰹節を鷲づかみして入れ煮立てる。それを一度濾したらもう一度鍋に入れ醤油、砂糖を入れて、ひと煮立ちさせる。これを冷ましたら、麵つゆの出来上がり。

小麦粉を水で溶き、それを夏野菜に絡めて、油で揚げる。

さて。

あたしは外をちらっと見る。外はそろそろ暗くなってきているから、そうめんを茹でようか。

　鍬神たちが兄ちゃんと一緒に御座を敷きながら、竹の細工を完成させてくれるのが見える。それにほっとしながら、あたしは意を決してそうめんを茹ではじめた。

「今日は七夕だし、晴れたらいいなって思ったけど。やっぱり晴れないもんかなあ。雨はもう止んだけど相変わらず霞がかってるもんね」

　あたしがそう花火に言ったら、花火はのんびりと言った。

「そうかい？　こんかいはみさきさまがほんとうにめずらしく、とくべつなことしてるみたいだけど」

「ええ……？　七夕の用意が特別なの？」

「そうじゃないんだぞ。もうちょっとそとみてみろ」

「え？　ああ……」

　あたしの口は、馬鹿みたいにポカンと開いてしまった。

　年に一度、十五夜しか晴れないと思っていた神域。そこの霞が、夜が深まるごとに薄らいでいったのだ。やがて、その霞は完全に消える。

　途端に広がるのは、満天の星空だ。天の川だってくっきりと見えるし、蛍が飛んでいるのだって見える。兄ちゃんや鍬神たちも御座の用意をしながら空を見上げる。氷室姐さんや烏丸さんも空を眺めに外に出てきていた。

「ほう……本当に何十年ぶりかな、神域で天の川を拝むのは」

「本当にそうだねえ……まあた御先様、力を使って不機嫌になってないといいけど」

そうふたりがやり取りをしているのに耳を傾けていたら、花火から「いだいいだいっ！」と悲鳴が上がる。そうめんの噴きこぼれが思いっきり花火にかかったのだ。

あたしは慌ててそうめんを入れた鍋を水場に持っていくと、ざばざばとそうめんを洗いはじめる。

「ごめん、花火！　消えてない⁉」

「だいじょうぶなんだぞ……びっくりしたぁ……」

花火は噴きこぼれを少し被ったけれど、幸い消えることはなかった。よかったよかった。

あたしがそうめんを器に入れていると、ころんも勝手場にやってきた。

「もっていきますか？」

「じゃあそうめん持っていってくれる？　あたしは他のものを持っていくから」

そうめん、ちまき、夏野菜の天ぷら。

花火にはお詫びにうりの天ぷらを一枚あげると、花火は涙目になりながら、それをもしゃもしゃと食べてくれた。

ころんはざるにたっぷり入ったそうめんを受け取って、中庭へと歩いて行った。

麺つゆは竹の器に入れてお盆に載せた。ちまきと天ぷらは大きなざるに。それらを持ってよろよろと歩いていたら、兄ちゃんが「あっ、ちまき！　こっちは持っていって大丈夫か？」と言ってくれたから、お言葉に甘えることにした。

「お待たせしましたー、そうめんは今、ころんに流してもらいますから、それを取ってね。麺つゆはこれ。ざるの上にちまきと天ぷらはあるから、それを食べたいだけどうぞー」

あたしがそう言って御座に置くと、氷室姐さんはくすくすと笑う。

「まさか流しそうめん食べることになるとは思わなかったね」

「うん。あたしも七夕になにを食べればいいんだーって悩んだんですけど、もうおいしく楽しく食べられたほうがいいんじゃないかって思って」

そう言っていた矢先、視界の片隅に灯りがゆらゆら揺れているのが見えた。

小人のような付喪神が灯りを持って歩き、その後ろに御先様が歩いてきていたのだ。それを見てあたしはぱっと頭を下げる。

「あの！　今日は本当にありがとうございます！　最後に七夕ができたらいいなと思ってたくらいだったんですが、まさか晴れるなんて思いもしませんでした」

「そうか……そうめんか」

「はい。そうめんって、昔から食べられてたんですねえ。もっと庶民的なものだと思ってました」

「そこまで珍しいものでもなかろう。流れる麺を取るまでの間に歌を詠む遊びも昔はあった」

なるほど。御先様は静かに麺つゆとお箸を受け取ると、ころんが流してくれたそうめんをすくって食べはじめる。

御先様がいつもの調子で「悪くはない」と言いながらも口元をほころばせたのを見届けてから、烏丸さんや兄ちゃんもそうめんをすくって食べる。それをあたしは見ながら、そうめんと一緒に天ぷらを麵つゆに付けて食べる。さっくりと揚げられたから、おいしい。手伝ってくれた鍬神たちにちまきを配り、あたしもちまきに手を伸ばそうとしたとき。

ふいに「りん」と呼ばれた。御先様がそうめんを食べ終えて、こちらのほうに振り返ったのだ。

「はい？」

あたしが顔を上げると、御先様は袖からなにかを取り出した。それは櫛《くし》だ。綺麗な漆塗りで、蝶々の模様と桜の模様が描かれている。

それを差し出すので、あたしは首を傾げた。

「新しい門出を祝してだ」

「え？　あの……ありがとうございます」

こんな高級そうなもの、この間店で働いた分の給料が全部消し飛びそうだなと思う。あたしはそれを大事に割烹着のポケットに入れると、氷室姐さんはこちらを見て「あー……」と言いながら、ひょいとちまきを取って食べはじめた。

「りんが現世に出て、厄介なことに巻き込まれないかあたしは心配だよ。少なくとも、現世の京に出ても、あそこも現世と神域の境が滅茶苦茶だけど、また神隠しされる心配はないだろうけどねえ」

「え、そうなんですか？」

「そうさね。あたしはそう思うよ」

そう言いながら、ちまきを食べ終えると、ちらっとあたしに耳打ちしてきた。

「懸想《けそう》するのは程々って言っただろうが」

「氷室姐さん……だから、意味がわかりませんってば」

「かまととぶってんじゃないよ。まあ、これ以上はあたしも関与はできないんだけどねえ。下手な約束は、命取りだ。あんたもこれ以上迂闊なことをするのは控えな」

そう言って、さっさとそうめんを食べるのに戻ってしまった。

あたしは氷室姐さんの言いたかった意味がわからないまま、ひとまず空を仰いだ。

今までの人生の中で、天の川なんて見たことがないけれど、今日はくっきりと見ることができる。またどこかで星の洪水を見られることがあったら、今晩のことを思い出せるだろうか。

兄ちゃんは烏丸さんと一緒に、ちびちびとお酒を飲みながら、天ぷらを食べている。氷室姐さんはちまきが気に入ったらしく、ずっとちまきを食べている。付喪神たちは、そうめんを一生懸命取ろうとしているので、あたしは手伝ってあげた。

御先様は、空を仰ぎながら、舐めるようにお酒を飲んでいる。

こんなおかしな七夕は、多分あたしの人生で、もう一生訪れることはないだろうなと、そう思った。

終　章

小屋を掃除し、荷物をまとめる。

手帳をパラパラとめくってみる。気付けば、手帳にびっしりと献立が書かれていた。カレンダーがついてるんだから、もうちょっと日記みたいなものを書けばよかったのに、残念ながらあたしには文才はなく、その日の朝餉と夕餉の献立以外になにも書いていない。

そして文机に立てかけていた黄ばんだノートを手に取って、考え込む。これの元の持ち主は、既に現世に帰って結婚してしまった。彼女のことを思うと、これはあたしが持っているよりも、神域に残してあげたほうがいいのかもしれない。

あたしはそう思って、このノートを文机に立て直そうとして、手を止める。

自分の手帳の一部に走り書きをしてから、それを破いてノートに挟んでおくことにした。出汁の材料の入手方法、醤油のつくり方、氷室の詳細が書いてある。

ここにはもう、料理番は来ないとは思うけれど、いつなにがあるのかなんて、神様にだってわからない。どうか誰かの手助けになりますように。そう願いを込めながら、ノートを立て直した。

割烹着を脱いで、Tシャツとジーンズ姿になる。荷物を背負って、あたしは小屋をぐるりと見回した。

前にこの神域を離れようと思ったときは、また戻ってくると約束していた。けれど、今回は違う。もう二度とここに帰ってくることはないのだ。

感慨深くなるのをぐっと堪えて、あたしは茅葺屋根の小屋を後にした。

昨日の七夕の快晴は嘘だったかのように辺りには霞が戻ったけれど、日は高く、汗ばむような陽気だ。

既に中庭には兄ちゃんが花火を桶に、くーちゃんをちりとりに乗せて出てきていた。烏丸さんもいる。

「兄ちゃん！　あたし……」

「おう。行ってこい行ってこい。向こう行ったら、もう俺は助けたりはできねえから、厄介なことに首突っ込むんじゃねえぞ」

「あたしのこと、トラブルメーカー呼ばわりするのはやめてくれないかな⁉　うん、それじゃ先に行ってくるね。くーちゃんと、花火も、本当にありがとうね」

あたしはちりとりのくーちゃんに目を細め、桶の中の花火にも目を細めた。くーちゃんは溶けてへにゃーとしてしまっている。

「りん、いなくなってさびしいー」

「だめだぞ。りんはいくんだからな」

この間さんざん駄々をこねた挙げ句に職務放棄していた花火が、ちりとりの上で溶けてへにゃーとしているくーちゃんをひたすらなだめているのにクスリとしていたら、「りん

──」と足下から声がかかった。

そこにいたのはころんだった。

ころんが持っているのは籠にいっぱいの野菜だった。

「え、これなあに？」

「おみやげ」

そう言って差し出してくれるので、あたしはそれを受け取って、ころんの頭を撫でた。

「ありがとうね、本当に」

ころんがにこにこしてる中、あたしはさて、と思って荷物を持ち直すと、本当に珍しく、昼間から御先様が中庭に出てきた。

「あれ、御先様……？」

「行くのではないのか？」

「はいっ！　あの、本当に今まで……」

あたしは言い終わる前に、御先様にひょいと摑まれた。振り返って烏丸さんを見ると、烏丸さんは笑って手を振っていた。

「これでお別れだって思ってるなら、御先様に送ってもらえ。達者でな。りん」

「えっ？　ええっと、本当に今まで、お世話になりました！」

そう言っている間に、地面から浮かぶ。

御先様の背中の羽が、羽ばたいているのだ。

……そうだ、当たり前だった。この人、烏丸さんと兄弟なんだから、普通に空は飛べるんだ。あたしは訳もわからないまま、御先様に摑まって神域を飛び立った。皆が手を振ってる姿が、あっという間に小さくなる。

ぐんぐんと高度は上がり、あっという間に中庭も御殿も絵みたいに小さくなり、奥を見れば夏の花が揺れている花園も絵になってしまっていた。今の季節は、桔梗の紫が目に眩しい。

でも。今まで御先様と一緒に神域を飛んだことなんて一度もない。あたしはちらっと御先様を見るけれど、お別れの日とは思えないほどに、いつも通りの御先様の乏しい表情だった。

「いったい、どういう風の吹き回しですか。御先様がわざわざ現世までお見送りなんて」

「……りん、そちはあまりわかっておらぬようだが、そちが我の神域を出ると知って、そちのことを気に入っておる神が、こぞって争奪戦にかかっておる」

「はあっ!? あたし、そこまで大事になるような人間じゃありませんけどっ!?」

たしかに柊さんもそんなことを言っていたような気はしたけど、大袈裟過ぎるって聞き流していた。

京都で出会った白神様といい、各地で出会った神様たちといい、少々あたしを過大評価してやしないか。

そもそも、そんなの今初めて知ったし、もっと前に言ってもよかったのでは。あたしの悲鳴にも、御先様は涼しい顔をしている。

「だから烏丸と協議の結果、我がそちを現世まで送っていったほうがよかろうということになった。海神のみたいに人間に情があるような神ならいざ知らず、人間の料理番を新しい玩具のように思っておる神もたくさんおるのだから、用心に用心は重ねたほうがよい。昨日の贈り物も、そのひとつだ」

「はあ……そうだったんですか」

昨日もらった櫛は、大事に貝紅と一緒にポーチに仕舞い込んでいる。それがお守り代わりだとは思わなかった。

そうこうしている間に、辺りの色が消え失せ、まっ白な空間が続いていく。現世と神域の間の境だ。

やがて。その境を抜けたところで。

視界が開けた。と思ったら、蟬の大合唱と一緒に、朱い鳥居と青葉を付けた桜の木が目に入った。

現世の豊岡神社だ。

久し振りに見たそこは、記憶よりも綺麗になっていた。誰かがちゃんと管理してくれているんだろう。鈴の縄はボロボロだったのに、新しいものに取り替えられていた。拝殿には古巣酒造の酒樽が積まれ、お供えの米もある。それに、誰が置いたのか花まで飾られていた。

あたしが境内を眺めていたら、御先様がそこに降り立った。あたしも地面に足を着ける。

「京へ行かぬのか？」

「行きます！　行かせてください。あの、御先様」

「なんだ」

相変わらず表情の乏しい顔だけれど、ずいぶんと機嫌がいいということだけはわかった。この人、機嫌が悪かったらもっと迫力があるのだ。今はそのおっかない迫力がない。

あたしは頭を下げた。

「本当に今まで、お世話になりました。あたし、京都で頑張って修業してきます」

「修業を終えたら、どうする気だ」

「そのあとに考えます。もしかしたら、もっと料理に親しんでもらえるようにって料理教室開くかもしれませんし、実家に戻って食堂を継ぐかもしれません。でも、京都はあたしの性には合ってたので、あそこにそのまま落ち着くかもわかりません。ただ、今は。もっといろんな人に、あたしの料理を食べて欲しいんです」

「……そうか。壮健に」

それにあたしは、何度目かのお辞儀をしてから、ようやく神社の鳥居を抜けた。

振り返ると御先様は境内に立っていた。現世でまっ白な髪にまっ白な狩衣、まっ白な羽の人が立っていたらアンバランスなはずなのに、不思議とこの境内とマッチしている。それはきっと、この人がここの氏神《うじがみ》だからだろう。

あたしはもう一度だけ会釈をしてから、歩き出す。

後ろ髪を引かれる思いで神社を後にする。

あたしは携帯を取り出して電源を確認してから、給料袋に書いてあった電話番号に連絡をする。

『はい、高王《たかおう》』

「こんにちは、先日お世話になりました夏目梨花です」

『おお、先方と、話はついたん？』

おじいさんが出てくれたことにほっとしながら、あたしは続けた。

「はい、行ってこいって送り出してくれました。いつからお世話になっていいですか？」

『もう話がついてるんやったら、うちは今からでもかまへんよ』

「ありがとうございます！　なら、明日からは……」

『かまへんよ』

その言葉に、あたしの気持ちは弾んだ。

おじいさんに京都に着く時間と、明日からの予定を話してから、電話を切った。

とりあえず京都に行こう。ここからなら、電車を乗り継いで二時間くらいで着くはずだ。

いつだって、とりあえずやってみないとはじまらなかったんだから、今回も今までいた楽しかった場所から離れたんだ。まずはやってみなくちゃはじまらない。

最後に豊岡神社の、朱い鳥居を見た。

次にいつ見ることになるのかわからないここは、あたしの出発地点だ。
絶対に忘れないと、そう心に強く誓ったんだ。

穏やかに日常は続いていく。
もう会わないのかはわからない。次にいつ会えるかは知らない。
ただあたしは今日も現世《ここ》で腕を振るって料理をつくろう。
それがあたしと　　　の絆なのだから。

〈了〉

あとがき

京都に出かけたところ、迷子になりました。

どうも駅の出口を間違えたらしく、どこを歩いても神社という場所に辿り着いてしまい、目的地を見つけることができず、途方に暮れました。もらった地図を見てもよくわからず、スマホで地図を検索してもやっぱりわからず、通勤中の人や立ち寄った神社の宮司さん、通り過ぎた店の店員さんに道を尋ねてぐるぐる回り、無事目的地に到着した次第でした。

京都の皆さんありがとうございます、その節は本当にお世話になりました。


さて、今回は神域の夏の話でした。「神在月の宴」でもほんの少し触れましたが、本当に触れただけだったので、がっつりと夏の話が書きたいなと思っていました。その話を夏に刊行できたのは、本当に運のいい話だなと思います。

打ち合わせで大阪に集まった際、「七夕のご飯」の話題になりました。そのとき、満場一致で「そうめん」以外に出てこなかったのは、少し面白い話でした。後で調べたら本当にそうめん以外出てこなく、「これどうするんだ」と冷や汗かきながら書きました。

本当に面倒臭いことを言ってご迷惑をおかけしました編集の庄司さん、濱中さん、山田さん。今回も本当に素敵な表紙を描いてくださった転さん。ありがとうございます。そしてこの本に関わってくれた全ての皆さんに感謝しております。

またいつも感想をくださる読者の皆さん、ＳＮＳで感想を流してくださる皆さん。本当にありがとうございます。いつも本当に嬉しいなと思いながら拝見しております。


それでは、またどこかでお会いできましたら幸いです。

口約束とは言いますが、約束というのもまた契約であり、言葉を口にした途端に力を発動させるものです。現世では神域のように命のやり取りにはなりませんが、それが原因で命を取られるよりもひどい目に遭うことは往々にしてあります。

できない約束はしないということもまた、優しさであり温かさです。

石田空

illustration by 転

この物語はフィクションです。
実在の人物、団体等とは一切関係ありません。
本書は書き下ろし作品です。

■参考文献
「日本料理　基礎から学ぶ器と盛り付け」畑耕一郎（柴田書店）
「新版　食材図典　生鮮食材篇」（小学館）
「神社の解剖図鑑」米澤貴紀（エクスナレッジ）
「おとな旅プレミアム　京都　'19―'20年」（TAC出版）
「京都（マニマニ）」（JTBパブリッシング）
「あなたの人生を変える　日本のお作法」岩下宣子（自由国民社）

石田 空先生へのファンレターの宛先

〒101-0003　東京都千代田区一ツ橋2-6-3　一ツ橋ビル2F
マイナビ出版　ファン文庫編集部
「石田 空先生」係

Fan
ファン文庫

神様のごちそう ー雨乞いの神饌《しんせん》ー

2019年8月20日　初版第1刷発行

著　者　　石田 空
発行者　　滝口直樹
編　集　　庄司美穂　濱中香織（株式会社イマーゴ）　山田香織
発行所　　株式会社マイナビ出版
〒101-0003　東京都千代田区一ツ橋2丁目6番3号　一ツ橋ビル2F
TEL　0480-38-6872（注文専用ダイヤル）
TEL　03-3556-2731（販売部）
TEL　03-3556-2735（編集部）
URL　http://book.mynavi.jp/

イラスト　　転
装　幀　　AFTERGLOW
フォーマット　　ベイブリッジ・スタジオ
方言監修　　藤澤宏樹
校　正　　株式会社鷗来堂
DTP　　石井香里
印刷・製本　　図書印刷株式会社

ISBN978-4-8399-6904-2
Printed in Japan

Fan
ファン文庫

神様のごちそう

著者／石田 空
イラスト／転

突然、神様の料理番に任命――!?
お腹も心も満たされる、神様グルメ奇譚。

大衆食堂を営む家の娘・梨花は、神社で神隠しに遭う。
突然のことに混乱する梨花の前に現れたのは、
美しい神様・御先様だった――。たちまち重版の人気作。

ファン文庫

質屋からすのワケアリ帳簿

双生の祝い皿

著者／南潔
イラスト／冬臣

物に宿った記憶を読み解くダークミステリー、
シリーズ最新作が登場！

若主人・烏島が営む「質屋からす」。
ある男が持ち込んだ、美しい紅の皿。
物語は、紅い皿の謎を軸に、複雑に絡んでいく……。

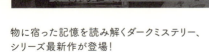